이은경쌤의 초등 글쓰기 완성

구분	1학년	2학년	3학년	4학년	5학년	6학년	중1
글쓰기 습관	Best! 세줄쓰기 초등 글쓰기의 시작						
	전래동화 바꿔쓰기						
			주제 일기쓰기				
독서 습관	기본 책읽고쓰기						
			심화 책읽고쓰기				
글쓰기 심화	표현글쓰기						
			자유글쓰기				
					생각글쓰기		
논술 대비	왜냐하면 글쓰기						
			기본 교과서논술				
			논술 쓰기				
					심화 교과서논술		
평가 대비			기본 주제 요약하기				
					심화 주제 요약하기		
					수행평가 글쓰기		
영어 글쓰기	영어 한줄쓰기						
			영어 세줄쓰기*				
					영어 일기쓰기*		

별표(*) 표시한 도서는 출간 예정입니다.

이은경쌤의 **초등 글쓰기 완성** 시리즈 교재 선택 가이드

- 앞장의 가이드맵을 보면서 권장 학년에 맞추거나 목적에 따라 선택하세요.
- 〈책읽고쓰기〉〈교과서논술〉〈주제 요약하기〉처럼 기본편과 심화편으로 구성된 경우에는 기본편과 심화편을 둘 다 해도 되고, 권장 학년에 맞추어 둘 중 하나만 골라서 해도 돼요.

몇 학년이든 모든 글쓰기는 〈세줄쓰기〉로 시작해요

글쓰기 습관이 필요하다면?

〈전래동화 바꿔쓰기〉

〈주제 일기쓰기〉

+

독서 습관이 필요하다면?

〈 기본 책읽고쓰기〉

〈 심화 책읽고쓰기〉

글쓰기 습관과 독서 습관을 모두 갖추었다면?

〈표현글쓰기〉〈왜냐하면 글쓰기〉〈자유글쓰기〉〈생각글쓰기〉

이제 논술과 수행평가를 대비할 차례! 무엇부터 해야 할까요?

논술을 대비하고 싶다면?

〈 기본 교과서논술〉

〈 심화 교과서논술〉

〈논술 쓰기〉

+

수행평가를 대비하고 싶다면?

〈 기본 주제 요약하기〉

〈 심화 주제 요약하기〉

〈수행평가 글쓰기〉

영어도 대비하고 싶다면? 〈영어 한줄쓰기〉〈영어 세줄쓰기〉* 〈영어 일기쓰기〉*

별표(*) 표시한 도서는 출간 예정입니다.

이은경쌤의
초등 글쓰기 완성 시리즈

5-중1학년 권장

수행평가 글쓰기

중등 **수행평가를 과목별·유형별**로 대비해요

이은경 지음

상상아카데미

차 례

수행평가 글쓰기를 시작하며

안녕하세요, 작가님!

이렇게 만나서 정말 반가워요.

저는 오늘부터 여러분과 함께 글쓰기를 시작할

'이은경 작가'라고 해요.

글쓰기를 하는 동안

저를 '옥수수 작가님'이라고 불러 주세요.

왜냐하면 저는 여름에 나는 쫄깃쫄깃 찰옥수수를 좋아하고,

옥수수처럼 하얗고 가지런한 이를 가졌고,

글을 쓸 때는 주로 옥수수를 쪄 먹기 때문이에요.

궁금해요!

이곳에 찾아온 우리 작가님은 어떤 분인가요?

개구리 작가님? 수박 작가님? 귀신의 집 작가님?

작가님에 관한 멋진 소개를 부탁해도 될까요?

여러분, 안녕하세요!

오늘부터 글쓰기를 시작할 저는 _____ 작가입니다.

_____ 작가라는 이 멋진 이름은

제가 _____ 때문에 이렇게 지었어요.

사실 제 원래 이름은 _____ 인데요,

저는 _____ 를 할 때 행복하고,

_____ 를 할 때 자신감이 솟는 멋진 학생이랍니다.

역시! 멋진 소개 감사해요, 작가님.

작가님과 함께 글 쓸 생각에 설레는 마음을 가득 담아

글 잘 쓰는 비법을 살짝 공개하겠습니다, 고고!

수행평가 글쓰기, 어떻게 쓰는 건가요?

교과 내용을 충실히 이해하고 있는지 다양한 방법으로 확인하는 것이

바로 초등, 중등 시기에 진행하는 '수행평가'랍니다.

특히 글을 쓰는 수행평가는 과목별로 일정한 형식이 있기 때문에

그 형식을 미리 연습해 보며 경험하면 유리합니다.

그렇다면 어떻게 연습해야 수행평가에 대한 걱정이 없어질까요?

과목별로 유형이 다양하지만, 기본을 지키는 게 중요해요.

수행평가 준비부터 작성까지 전 과목 핵심 비법을 공개합니다!

수행평가 준비부터 작성까지 핵심 비법

1. 평가 기준, 작성 분량, 관련 단원을 꼼꼼히 확인하세요.

2. 제출 기한을 기억하고 준비할 시간을 계획하세요.

3. 수업에서 배운 내용을 최대한 활용하세요.

4. 주제를 명확히 이해하고, 그에 맞게 작성하세요.

5. 맞춤법과 어법을 되도록 정확하게 지키세요.

6. 서론, 본론, 결론의 구조를 갖추고 각 부분의 역할을 분명히 나눠서 작성하세요.

7. 구체적인 예시나 자신의 경험을 반영해 글에 흥미를 더하세요.

8. 교과서와 관련된 참고 자료나 예문을 활용해 글의 깊이를 더하세요.

9. 친구나 가족에게 글을 읽어 달라고 요청하고, 피드백을 받아 보세요.

10. 작성한 글을 여러 번 읽고 수정해 완성도를 높이세요.

수행평가 글쓰기, 왜 쓰는 건가요?

쓰는 방법은 알겠는데, 이쯤에서 궁금증이 생겨요.
'수행평가 글쓰기'를 하면 도대체 뭐가 좋은 건가요?

수행평가 글쓰기를 준비하면서 가끔 이런 생각이 들 거예요.
'왜 수행평가 글쓰기를 해야 할까?', '수행평가가 다가오면 그때그때 연습하고
준비하면 되는 거 아냐?', '수행평가는 평가 일정이 잡혔을 때 부모님이나 학원
선생님께 도와 달라고 하면 되지 않을까?'라는 생각 말이에요.
하지만 이러한 생각에는 빠진 게 있어요.
수행평가 글쓰기는 단순한 시험 대비 연습이 아니라는 사실이지요.
수행평가 대비는 글쓰기 능력과 논리력을 기를 수 있는 중요한 과정이랍니다.

수행평가 글쓰기는 단순한 과제가 아닌, 나를 성장시키는 중요한 도구예요.
지금부터 자신감을 갖고 글쓰기를 시작해 보세요!

그럼, 수행평가 글쓰기가 왜 중요한지 한번 알아볼까요?

첫째, 사고력을 키워요.

수행평가 글쓰기는 주제를 분석하고, 그에 맞는 내용을 논리적으로 구성하는 과정을 통해 사고력을 기를 수 있습니다. 주제를 명확히 이해하고 그에 맞게 글을 작성하다 보면, 논리적으로 생각하는 습관을 들일 수 있어요. 수행평가를 준비하면서 사고력과 문제 해결 능력이 크게 발전하는 걸 느낄 거예요.

둘째, 표현력이 향상돼요.

수행평가 글쓰기를 통해 자신의 생각을 표현하는 연습을 할 수 있어요. 수업에서 배운 내용을 바탕으로 서론-본론-결론을 명확하게 나누어 작성하는 과정은 표현력 향상에 큰 도움이 됩니다. 표현력을 키우면 다른 과목에서도 생각을 더 잘 정리할 수 있고, 자연스럽게 자신감도 생기죠.

셋째, 창의력을 자극해요.

주제를 분석하는 것뿐만 아니라, 수행평가에서는 구체적인 예시나 경험을 반영하는 창의력이 필요해요. 글에 나만의 생각을 담고, 흥미로운 주제를 다루다 보면 새로운 아이디어로 글에 생동감을 더할 수 있어요.

국어 수행평가 글쓰기, 핵심 비법 10

1. 주제를 명확히 이해하고, 주제에서 벗어나지 않게 주의하세요.
- 글의 내용이 주제에 맞는 것이 가장 중요합니다.

2. 서론-본론-결론의 구조를 지키며 논리적으로 전개하세요.
- 글의 전개가 자연스럽게 이어져야 논지가 명확해집니다.

3. 맞춤법과 문법 실수를 꼼꼼히 확인하세요.
- 맞춤법과 문법 오류는 감점 요소가 되니 주의가 필요합니다.

4. 문장을 연결할 때 적절한 접속어를 사용해 자연스럽게 이어 가세요.
- '하지만', '그러므로', '게다가' 등의 접속어를 사용해 글의 흐름을 매끄럽게 만드세요.

5. 주장에는 구체적인 예시와 근거를 제시하세요.
- 설득력을 높이기 위해 구체적인 사례와 논리적인 근거를 포함하세요.

6. 다양한 어휘를 사용해 풍부한 표현을 구사하세요.

- 같은 단어 반복을 피하고, 다양한 어휘를 활용해 글의 수준을 높이세요.

7. 짧고 명확한 문장으로 간결하게 표현하세요.

- 너무 긴 문장은 전달력이 떨어지므로, 짧고 정확하게 표현하는 것이 좋습니다.

8. 비유나 묘사를 활용해 글에 생동감을 더하세요.

- 생생한 비유와 묘사는 독자의 흥미를 끄는 좋은 방법입니다.

9. 문장의 길이와 구조를 다양하게 하여 글을 더욱 풍성하게 하세요.

- 긴 문장과 짧은 문장을 섞어 사용하면 글의 리듬이 좋아집니다.

10. 글을 작성한 후 맞춤법, 띄어쓰기, 표현을 철저히 검토하세요.

- 글을 마무리한 후 꼼꼼하게 검토해 오류를 수정하고 완성도를 높이세요.

영어 수행평가 글쓰기, 핵심 비법 10

1. 주제를 명확히 파악하고, 주제에서 벗어나지 않게 주의하세요.
- 영어 글에서도 글의 주제에 맞는 내용을 명확하게 전달하는 것이 중요합니다.

2. 서론-본론-결론의 구조를 지키며, 논리적으로 전개하세요.
- 영어 글에서도 글의 구조가 명확해야 논리가 잘 전달됩니다.

3. 영어 문법에 주의하여 정확한 문장을 사용하세요.
- 문법 실수는 영어 글에서 감점 요소가 될 수 있으므로 꼼꼼히 확인하세요.

4. 문장 연결어를 사용해 자연스럽게 흐름을 이어가세요.
- 'Firstly', 'In addition', 'However' 등 연결어를 사용하면 글이 더 매끄럽습니다.

5. 주장을 뒷받침할 구체적인 예시와 근거를 제시하세요.
- 주장에 대한 설득력을 높이기 위해 예시나 증거를 함께 제시하는 것이 좋습니다.

6. 어휘 수준을 높여 다양한 단어를 활용해 표현하세요.

　– 단어 선택에 신경을 써서 같은 단어 반복을 피하고 다양한 어휘를 사용해 보세요.

7. 영어 글의 특성상, 짧고 간결한 문장을 사용하는 것이 효과적입니다.

　– 너무 긴 문장은 의미 전달이 어려워지니 간결한 문장을 유지하세요.

8. 수동태와 능동태를 적절히 사용하여 문장을 다양하게 구성하세요.

　– 능동태만 쓰기보다는, 수동태도 적절히 사용해 문장의 다양성을 높이세요.

9. 주어진 문법과 구조적 틀을 지키되, 생각을 창의적으로 표현하세요.

　– 창의성과 논리적 전개가 중요하므로 틀에 맞추되 독창적으로 표현해 보세요.

10. 문법 확인과 더불어 철자와 단어 선택 오류도 꼼꼼히 검토하세요.

　– 영어 글에서는 철자 오류도 감점 대상이 될 수 있으니 철저히 검토해야 합니다.

과목별 수행평가 글쓰기, 핵심 비법

수학

1. 문제 해결 과정과 계산 과정을 논리적으로 서술하세요.

- 답뿐만 아니라 어떻게 문제를 풀었는지 단계별로 설명하면 풀이 과정이 명확해집니다.

2. 수학 용어를 정확히 사용하고 단위를 표기하세요.

- 수학 글쓰기는 정확한 용어 사용이 중요합니다. 단위 표시도 잊지 않도록 주의하세요.

과학

1. 실험 과정과 결과를 객관적으로 기록하세요.

- 실험의 관찰 결과는 구체적이고 객관적으로 표현하여 신뢰성을 높이세요.

2. 과학적 근거를 들어 설명하며, 이론과 결과를 연결하세요.

- 실험 결과를 설명할 때 과학 이론에 근거해 설명하면 이해가 깊어집니다.

사회

1. 역사적 배경이나 자료를 인용하여 주장을 뒷받침하세요.

- 주장을 논리적으로 강화하기 위해 관련 역사 자료나 통계를 사용하는 것이 좋습니다.

2. 다양한 관점을 고려하여 분석하세요.

- 사회 과목에서는 특정 사건이나 문제를 여러 시각에서 분석하는 것이 중요합니다.

도덕

1. 자신의 경험이나 사례를 들어 설명하세요.

- 도덕적 가치나 교훈을 잘 전달하려면 본인의 경험을 바탕으로 설명하는 것이 효과적입니다.

2. 가치 판단의 기준을 명확히 하여 글을 전개하세요.

- 판단에는 명확한 기준이 있어야 하므로, 왜 그렇게 판단했는지 이유를 분명히 설명하세요.

기술가정

1. 실생활 예시를 활용하여 설명하세요.

- 기술가정은 실생활과 밀접하므로, 실생활 예시를 들어 설명하면 글이 더 생생하게 전달됩니다.

2. 단계별 절차나 과정을 명확히 서술하세요.

- 어떤 과정이나 방법을 설명할 때는 단계별로 정리하여 독자가 쉽게 이해할 수 있도록 합니다.

음악

1. 음악 용어와 악기 명칭을 정확히 사용하세요.

- 음악 감상이나 분석 글에서는 정확한 용어와 악기 명칭 사용이 중요합니다.

2. 곡의 분위기와 감정을 구체적으로 표현하세요.

- 음악의 느낌을 생생하게 전달하기 위해 곡의 분위기와 감정을 구체적으로 묘사해 보세요.

미술

1. 작품의 색상, 형태, 질감 등을 구체적으로 묘사하세요.

- 작품을 분석할 때 시각적 요소를 자세히 설명하면 독자가 더 쉽게 이해할 수 있습니다.

2. 작가의 의도나 배경을 고려하여 해석하세요.

- 작품을 깊이 있게 분석하려면 작가의 의도와 작품이 만들어진 시대적 배경을 함께 설명해 보세요.

정보

1. 정보 과목에서 사용하는 용어와 개념을 정확히 이해하고 사용하세요.

- 기술적인 용어나 개념을 정확히 표현해야 글의 신뢰도를 높입니다.

2. 단계별로 설명하여 글의 흐름을 명확히 하세요.

- 문제 해결 과정이나 작업 절차를 단계별로 정리하면 독자가 쉽게 이해할 수 있습니다.

이 책의 활용법

1 지시를 정확히 이해하고, 작성 분량과 반드시 들어가야 하는 내용을 확인하세요.

 고전 소설을 하나 골라 인상 깊었던 장면을 구체적으로 설명하고, 그 장면이 왜 인상 깊었는지 10줄 이상의 감상문 형태로 작성하세요. 감상문에는 해당 장면의 의미와 그로부터 얻은 교훈을 포함하고, 적절한 제목을 붙이세요.

2 은경쌤의 예시 글을 읽고 나는 어떤 이야기를 쓸지 생각해 보세요.

예시

끝까지 지조를 지킨 춘향의 용기

《춘향전》에서 인상 깊었던 장면은 춘향이 감옥에 갇히고도 끝까지 자신의 지조를 지키는 장면이다. 춘향은 남원 고을의 사또인 변학도의 부당한 요구를 단호하게 거절하며, 변학도를 거스를 수 없는 신분에도 불구하고 자신의 사랑과 명예를 위해 고난을 견딘다.

이 장면이 특히 인상 깊었던 이유는 당시 사회에서 춘향의 신분으로 사또의 명령을 따르지 않기는 정말 어려운 일이기 때문이다. 더군다나 춘향은 변학도의 잘못을 정확히 짚으며 모진 고문까지 겪었다. 설상가상으로 이몽룡이 거지꼴로 변장하고 돌아와, 변학도를 막을 사람조차 없는데도 자신이 믿는 가치를 위해 목숨을 건다. 다행히 이야기의 결말에서 춘향은 사랑과 명예를 모두 거머쥔다. 하지만 그것은 어디까지나 춘향이 다음 날 죽을 것이라 생각하면서도 지조를 지킨 덕분이다. 누가 그 상황에서 춘향처럼 행동할 수 있을까?

이 장면을 통해 나는 어려운 상황에서 자신이 믿는 바를 굳건히 지키는 것이 얼마나 힘들고 큰 용기가 필요한 일인지 생각하게 되었○○○ ○○ 옳다고 생각한 것을 지키기 위해서는 쉽게 포기하지 않고 ○○○

3 글쓰기 비법을 참고해 글을 쓰면 완성도를 높일 수 있어요.

💡 완성도를 높이는 글쓰기 비법 3가지

1 장면 선택 : 인상 깊었던 장면을 구체적으로 설명하고, 왜 선택했는지 작성하세요.

2 감정 표현 : 인상 깊었던 장면을 통해 느낀 감정과 생각을 구체적으로 서술하세요.

3 교훈과 의미 도출 : 인상 깊었던 장면이 주는 교훈이나 의미를 포함해 감상문을 작성하세요.

예시 글을 참고하여 왼쪽 면의 평가 문항 기준에 맞춘 글 한 편을
작성하고, 제목을 붙여 완성하세요.

제목 :

내가 쓴 글에 꼭
들어맞는 제목을 붙여요.

4

연습하면 만만해지는
수행평가 글쓰기 주제

50

여러분이 배운 내용을 토대로
나의 생각을 조리 있게 전달할 기회예요.

글쓰기 비법을 기억해 두었다가
과목별, 유형별로 미리 글쓰기를 해 보면
자연스럽게 자신감이 생기고,
내 생각을 다양하게 표현할 수 있어요.

고전 소설을 하나 골라 인상 깊었던 장면을 구체적으로 설명하고, 그 장면이 왜 인상 깊었는지 10줄 이상의 감상문 형태로 작성하세요. 감상문에는 해당 장면의 의미와 그로부터 얻은 교훈을 포함하고, 적절한 제목을 붙이세요.

예시

끝까지 지조를 지킨 춘향의 용기

《춘향전》에서 인상 깊었던 장면은 춘향이 감옥에 갇히고도 끝까지 자신의 지조를 지키는 장면이다. 춘향은 남원 고을의 사또인 변학도의 부당한 요구를 단호하게 거절하며, 변학도를 거스를 수 없는 신분에도 불구하고 자신의 사랑과 명예를 위해 고난을 견딘다.

이 장면이 특히 인상 깊었던 이유는 당시 사회에서 춘향의 신분으로 사또의 명령을 따르지 않기는 정말 어려운 일이기 때문이다. 더군다나 춘향은 변학도의 잘못을 정확히 짚으며 모진 고문까지 겪었다. 설상가상으로 이몽룡이 거지꼴로 변장하고 돌아와, 변학도를 막을 사람조차 없는데도 자신이 믿는 가치를 위해 목숨을 건다. 다행히 이야기의 결말에서 춘향은 사랑과 명예를 모두 거머쥔다. 하지만 그것은 어디까지나 춘향이 다음 날 죽을 것이라 생각하면서도 지조를 지킨 덕분이다. 누가 그 상황에서 춘향처럼 행동할 수 있을까?

이 장면을 통해 나는 어려운 상황에서 자신이 믿는 바를 굳건히 지키는 것이 얼마나 힘들고 큰 용기가 필요한 일인지 생각하게 되었다. 춘향은 내게 옳다고 생각한 것을 지키기 위해서는 쉽게 포기하지 않고 싸울 줄 알아야 한다는 교훈을 주었다.

완성도를 높이는 글쓰기 비법 3가지

1 **장면 선택** : 인상 깊었던 장면을 구체적으로 설명하고, 왜 그 장면을 선택했는지 작성하세요.

2 **감정 표현** : 인상 깊었던 장면을 통해 느낀 감정과 생각을 구체적으로 서술하세요.

3 **교훈과 의미 도출** : 인상 깊었던 장면이 주는 교훈이나 의미를 포함해 감상문을 작성하세요.

예시 글을 참고하여 왼쪽 면의 평가 문항 기준에 맞춘 글 한 편을
작성하고, 제목을 붙여 완성하세요.

제목 :

_____

_____

_____

_____

_____

_____

_____

_____

_____

_____

_____

_____

_____

_____

_____

_____

_____

_____

_____

_____

_____

_____

_____

기후 변화가 우리의 삶에 미치는 영향을 구체적으로 설명하고, 그로 인해 발생하는 문제점과 이를 해결하기 위한 방법을 제시하세요.

예시

기후 변화가 우리의 삶에 미치는 영향

기후 변화는 우리 삶과 환경에 큰 영향을 미치는 문제이다. 날씨가 점점 더 뜨거워지고, 폭염과 한파 같은 이상 기후가 자주 나타나면서 다양한 변화가 찾아온다.

첫째, 폭염이 잦아지면서 사람들은 열사병에 걸릴 위험이 커지고, 농작물을 재배하는 데 악영향을 미쳐 식량 부족 문제가 발생할 수 있다. 겨울에는 갑작스러운 한파로 난방비와 에너지 사용량이 증가하여 경제적 부담도 늘어난다.

둘째, 바닷물의 높이가 상승하면서 해안가 지역은 홍수와 침수의 위험에 노출되고, 이로 인해 많은 사람들의 생활 터전이 위협받는다. 또한 기후 변화는 동식물의 서식지에도 영향을 미쳐 생태계 혼란을 일으킨다.

셋째, 기후 변화는 우리의 생존을 위협한다. 갈수록 자연재해가 예측하기 어려운 강도로 빈번하게 나타난다. 올여름에 내가 사는 동네에서는 태풍으로 갑작스레 물난리가 나서 많은 사람들이 다쳤다. 이처럼 기후 변화는 누구도 안전을 보장할 수 없는 일상의 심각한 문제다.

기후 변화를 예방하려면 사용하지 않는 불을 끄고 일회용품 사용을 줄이는 등 노력이 필요하다. 작은 노력이라도 많은 사람들이 함께한다면 변화를 이끌어 낼 수 있다.

완성도를 높이는 글쓰기 비법 3가지

❶ **구체적인 예시 :** 기후 변화가 삶에 미치는 영향을 구체적으로 설명하세요.

❷ **감정 표현 :** 자신의 감정이나 경험을 포함하세요.

❸ **대응 방안 제시 :** 해결책이나 대응 방법을 제시하세요.

예시 글을 참고하여 왼쪽 면의 평가 문항 기준에 맞춘 글 한 편을 작성하고, 제목을 붙여 완성하세요.

제목 :

스마트폰이 청소년에게 미치는 영향을 고려하여, 스마트폰 사용 제한에 대한 나의 주장을 구체적인 예시를 들어 작성하세요.

예시

스마트폰 사용 규칙이 필요한 이유

스마트폰은 청소년들에게 필수적인 도구이다. 공부할 때나 친구들과 소통할 때 매우 유용하기 때문이다. 하지만 과도한 사용은 사용하는 사람에게 부정적인 영향을 끼칠 수 있다. 그래서 나는 스마트폰 사용을 제한할 필요가 있다고 생각한다.

스마트폰을 지나치게 사용하면 먼저 건강에 문제가 생긴다. 화면을 오래 보면 시력이 나빠지고, 잘못된 자세로 사용할 경우 목과 허리에도 부담을 준다. 내 친구도 스마트폰을 너무 자주 사용하다가 시력이 나빠져 안경을 쓴다.

또한, 스마트폰은 공부에 방해가 된다. 스마트폰을 통해 쉽게 정보를 검색할 수 있지만, 동시에 게임이나 SNS에 빠지기 쉽다. 나도 가끔 스마트폰을 사용하다가 게임에 빠져 숙제를 늦게 시작한 적이 있었다. 밤늦게까지 스마트폰을 사용하다 잠이 부족해 다음 날 학교 생활에 집중하기 어려웠던 일도 있다. 해야 할 일을 하지 않고 스마트폰에 너무 많은 시간을 쓰면 결국 학업 성적에도 영향을 미칠 수 있다.

따라서 청소년들이 건강하게 성장하고 학업에 집중하기 위해 스마트폰 사용을 적절히 제한할 필요가 있다. 스마트폰을 아예 사용하지 않는 것보다는 시간을 정해 두고 규칙적으로 사용하는 것이 바람직할 것이다.

완성도를 높이는 글쓰기 비법 3가지

❶ **명확한 주장 제시** : 스마트폰 사용 제한에 대한 입장을 분명히 하세요.

❷ **구체적 예시 활용** : 실제 사례를 통해 주장을 뒷받침하세요.

❸ **주장에 맞는 근거** : 긍정적 또는 부정적 입장에 맞는 근거를 집중적으로 설명하세요.

예시 글을 참고하여 왼쪽 면의 평가 문항 기준에 맞춘 글 한 편을
작성하고, 제목을 붙여 완성하세요.

제목 :

_____

_____

_____

_____

_____

_____

_____

_____

_____

_____

_____

_____

_____

_____

_____

_____

_____

_____

_____

서론-본론-결론의 구조를 갖추어 외국인 친구에게 우리나라 전통문화를 소개하는 글을 작성하세요. 전통문화가 왜 중요한지, 현대에 어떻게 이어지는지를 구체적으로 서술하세요.

예시

한국의 전통 의상, 한복

안녕! 우리나라의 전통문화 가운데 하나인 '한복'을 소개할게. 한복은 한국의 전통 의상으로, 주로 명절에 입는 옷이야.

한복에는 오랜 역사가 담겨 있어. 한복의 기록은 고구려 벽화에서 처음 발견되었어. 한복은 서양 문물이 들어오기 시작한 조선 시대 개화기까지는 일상에서 입던 평상복이었어. 그 시기의 한복을 보면 당시 사람들이 어떤 나라와 교류하며 다른 의복 문화를 받아들였는지 알 수 있지. 간소한 양복의 영향을 받아 조선 시대에는 옷이 점점 움직이기 편하게 간소화된 형태로 변화했어.

전통적인 한복은 주로 명절이나 결혼식처럼 특별한 날에 입지만, 요즘은 일상에서도 입을 수 있도록 단출하게 혹은 현대 감각으로 디자인해 바꿔 만든 개량 한복도 많아. 이것도 한복의 자연스러운 변화라고 할 수 있지. 일상에서 이런 한복을 입는 사람도 늘었고, 외국인 관광객들이 한국을 방문할 때 원하는 형태의 한복을 입고 한국 문화를 체험하는 관광 프로그램도 많아졌어. 이렇게 한복은 전통을 유지하면서도 현대적인 감각으로 발전해 더 많은 사람들에게 친숙하게 다가가고 있어. 다음에 기회가 된다면 너도 한복을 입고 한국 전통문화를 직접 체험해 보는 게 어떨까? 꼭 한번 경험해 보길 바랄게!

 완성도를 높이는 글쓰기 비법 3가지

❶ 소재 구체화 : 소개할 전통문화를 명확하게 선택하세요.

❷ 문화의 중요성 강조 : 그 문화가 왜 중요한지 구체적으로 서술하세요.

❸ 현대의 변화 설명 : 전통문화가 현대에 어떻게 이어지는지 설명하세요.

🖊 예시 글을 참고하여 왼쪽 면의 평가 문항 기준에 맞춘 글 한 편을
작성하고, 제목을 붙여 완성하세요.

제목 :

_____

_____

_____

_____

_____

_____

_____

_____

_____

_____

_____

_____

_____

_____

_____

_____

_____

_____

청소년의 스트레스 원인에 대해 조사하고 보고서를 작성하세요.

예시

청소년기의 스트레스 원인과 해결 방안

청소년 시기는 다양한 변화와 함께 많은 스트레스를 겪는 시기다. 학업, 친구 관계, 가정 문제 등 여러 요인들이 청소년들의 스트레스 원인이 될 수 있다. 이 보고서에서는 청소년들이 경험하는 주요 스트레스 원인을 분석하고, 그 해결책을 제시하겠다.

먼저, 청소년들이 가장 많이 겪는 스트레스 원인은 학업이다. 시험, 성적, 수행평가 등으로 인한 압박감이 청소년들에게 큰 부담을 준다. 특히, 입시를 앞둔 학생들은 진로에 대한 불안감까지 더해져 스트레스가 더욱 커진다. 실제로, 2023년 청소년 스트레스 실태 조사에 따르면, 응답자의 72%가 학업 성취도에 대한 압박을 가장 큰 스트레스 요인으로 꼽았다.

다음으로 친구 관계에서 일어나는 갈등도 중요한 스트레스 요인이다. 요즘은 SNS를 통해 친구들의 일상을 쉽게 접할 수 있어 자신을 다른 사람과 비교하며 스트레스를 받는 경우도 많다.

이러한 스트레스를 해결하기 위해서는 시간 관리와 적절한 휴식으로 학업 스트레스를 완화하고, 친구 사이 갈등은 대화로 풀어 나가는 것이 중요하다. 또한 가정에서는 부모와의 소통이 핵심이다. 청소년들이 건강하게 성장하기 위해서는 주변의 협력이 필요하다.

완성도를 높이는 글쓰기 비법 3가지

❶ **논리적 구조 유지** : 서론-본론-결론을 명확히 구분하고 논리적으로 연결하세요.

❷ **구체적 정보 활용** : 조사 결과나 통계를 사용해 주장을 뒷받침하세요.

❸ **실질적 해결책 제시** : 현실적이고 구체적인 스트레스 완화 방법을 설명하세요.

예시 글을 참고하여 왼쪽 면의 평가 문항 기준에 맞춘 글 한 편을
작성하고, 제목을 붙여 완성하세요.

제목 :

10년 후의 나에게 현재 상황이나 고민을 이야기하고, 이루고 싶은 목표와 소망을 담아 진솔하게 편지를 써 보세요. 전하고 싶은 조언이나 격려의 말도 함께 포함하세요.

예시

10년 후 더욱 멋지고 당당해져 있을 나에게

나는 지금 중학교 1학년이야. 매일 학교에 가서 공부하고, 방과 후에는 친구들과 농구하면서 시간을 보내. 요즘은 시험 준비 때문에 조금 지치지만, 그래도 내 꿈을 이루기 위해 최선을 다하는 중이야. 요즘 나는 과학에 관심이 많아. 특히 우주와 로봇에 대한 이야기가 흥미롭더라고. '인간은 왜 우주를 탐사하려고 할까?' 같은 질문이 머릿속에 자꾸 떠올라서 우주 탐사와 관련된 책들을 읽어. 10년 후에는 내가 좋아하는 이 분야에서 성과를 낼 수 있으면 좋겠어.

나는 지금 더 큰 자신감을 갖고 당당하게 행동하려고 노력해. 얼마 전 수업에서 발표할 때 살짝 떨었는데, 끝나고 나니까 뿌듯했어. 실수도 했지만 선생님이 잘했다고 칭찬해 주셔서 용기를 얻었거든. 앞으로도 어려운 일이 생기겠지만, 10년 후의 나는 더 성숙하고 자신감 넘치는 모습으로 세상을 마주하고 있을 거라 믿어.

마지막으로, 건강 챙기는 것도 잊지 않았으면 해. 운동을 꾸준히 하고, 소중한 사람들과 좋은 관계를 유지하며 행복하게 지냈으면 좋겠어. 이 편지를 읽을 때쯤에는 내가 지금 생각하는 목표와 꿈을 기억하면서 그때의 너를 자랑스럽게 여길 수 있길 바란다.

그럼, 앞으로도 최선을 다해 살아가길 바라며 이 편지를 마칠게.

2024년의 나로부터

 완성도를 높이는 글쓰기 비법 3가지

❶ **솔직한 표현** : 현재의 감정과 고민을 진솔하게 담아내세요.

❷ **구체적인 목표 설정** : 10년 후 이루고 싶은 구체적인 목표를 명확히 적으세요.

❸ **격려와 조언** : 미래의 자신에게 전하고 싶은 격려와 조언을 함께 담으세요.

✐ 예시 글을 참고하여 왼쪽 면의 평가 문항 기준에 맞춘 글 한 편을
작성하고, 제목을 붙여 완성하세요.

제목 :

📖 박물관이나 미술관을 방문한 후 그 경험을 기행문 형식으로 작성하세요. 전시의 주제와 내용, 느낌, 인상 깊었던 부분을 구체적으로 서술하고, 그곳에서 얻은 교훈이나 감상을 포함하여 글을 완성하세요.

예시

국립중앙박물관에서 떠난 시간 여행

지난 주말 나는 국립중앙박물관을 다녀왔다. 원래는 친구들과 게임을 하려고 했는데 부모님께서 박물관에 가자고 말씀하셔서 어쩔 수 없이 따라갔다. 지루할 것 같았지만 생각 이상으로 흥미로운 경험을 했다.

박물관 건물은 정말 커다랬다. 건물에 들어서자 다양한 전시물들이 내 눈을 사로잡았다. 처음 들어간 전시실은 선사 시대 유물들이 있는 곳이었는데 유물을 보니 우리나라의 역사가 무척이나 오래됐다는 게 느껴져 신기했다. 특히 돌로 만든 도구들이 인상 깊었다. '이걸로 어떻게 사냥을 했을까?' 하고 생각하면서, 옛날 사람들이 어떻게 살아갔는지 상상해 보았다.

그다음으로 삼국 시대 전시실을 둘러봤다. 그중에서 금관이 정말 멋있었다. 반짝이는 금빛에 감탄하며, 그 시대의 왕들이 이걸 쓰고 나라를 다스리는 모습을 상상하자 시간 여행을 하는 듯했다. '왕이 된 기분은 어땠을까?' 하며 잠시 그 시대 속 왕이 된 것 같은 기분을 느꼈다.

💡 완성도를 높이는 글쓰기 비법 3가지

❶ 육하원칙 적용 : '누가, 언제, 어디에서, 무엇을, 어떻게, 왜'가 드러나도록 작성하세요.

❷ 느낀 점 표현 : 견학을 통해 느낀 감정과 생각을 솔직하게 담으세요.

❸ 배운 점 강조 : 견학을 통해 알게 된 지식이나 얻은 교훈을 명확히 설명하세요.

✏ 예시 글을 참고하여 왼쪽 면의 평가 문항 기준에 맞춘 글 한 편을
작성하고, 제목을 붙여 완성하세요.

제목 :

_____

_____

_____

_____

_____

_____

_____

_____

_____

_____

_____

_____

_____

_____

_____

_____

_____

올해 우리 학교에서 실시한 여러 행사 중 하나를 골라, 학급 신문에 실을 기사문을 작성하세요. 이때 행사명, 목적, 진행 과정, 학생들의 반응 등을 구체적으로 서술하세요.

예시

우리 학교 체육 대회, 성공적으로 마무리

지난주 금요일, 우리 학교에서 1년 중 가장 기대되는 행사인 체육 대회가 열렸다. 아침부터 학교 운동장은 학생들의 열기로 가득 찼고, 모두가 자신이 속한 반을 응원하며 기대와 흥분을 감추지 못했다.

이번 체육 대회는 학년별로 경쟁하는 다양한 종목으로 구성되었다. 줄다리기, 계주, 축구 같은 전통적인 종목부터 장애물 경기 같은 새로운 종목까지 다양해서 모든 학생들이 참여할 수 있었다. 특히 마지막 종목이었던 400m 계주는 모든 학생들의 주목을 받았다. 각 반의 대표 선수들이 필사적으로 달리는 모습을 보며, 학생들은 목청이 터질 듯한 응원을 보냈다. 우리 반도 참가했는데, 비록 우승은 놓쳤지만 끝까지 최선을 다해 뛰어 준 친구들이 정말 자랑스러웠다.

경기가 끝난 뒤에는 모든 학생들이 운동장에 모여 시상식을 가졌다. 이번 체육 대회에서는 3학년 1반이 종합 우승을 차지했는데, 아이들의 환호성이 정말 대단했다. 아쉽게도 우리 반은 우승하지 못했지만, 친구들과 함께 땀 흘리며 열심히 뛰고 웃었던 시간은 그 어떤 상보다 값진 경험이 될 것이다. 체육 대회는 단순한 경쟁이 아닌, 우리 모두가 하나로 뭉쳐 협력하고 응원할 수 있는 소중한 자리였다.

완성도를 높이는 글쓰기 비법 3가지

❶ **육하원칙 적용** : '누가, 언제, 어디에서, 무엇을, 어떻게, 왜'가 드러나도록 작성하세요.

❷ **간결한 문장** : 짧고 명확하게 핵심을 전달하세요.

❸ **객관성 유지** : 객관적인 사실에 기반해 작성하세요.

예시 글을 참고하여 왼쪽 면의 평가 문항 기준에 맞춘 글 한 편을
작성하고, 제목을 붙여 완성하세요.

제목 :

'일상에서 느낀 작은 행복'을 주제로 그 경험을 구체적으로 묘사하여 수필을 작성하세요.

일상에서 찾은 작은 행복

요즘은 특별한 일이 없어도 작은 것에서 행복을 느낄 때가 많다. 학교에서 친구들과 함께 웃고 떠드는 순간, 집에 와서 편하게 게임하는 시간, 비 오는 날 창밖을 바라보며 듣는 빗소리 같은 것들에서 말이다. 이것들은 모두 내 일상에 소소한 행복을 준다.

특히 내가 가장 좋아하는 시간은 저녁 식사 시간이다. 온 가족이 함께 둘러앉아 밥을 먹는 순간이 참 따뜻하고 편안하다. 엄마가 만들어 준 따뜻한 밥을 먹고, 아빠가 하는 농담에 다 같이 웃을 때, 그리고 동생과 장난을 치며 이야기할 때, 그 평범한 순간들이 왠지 모르게 행복하다. 그냥 밥을 먹는 시간이지만, 그 속에서 가족들과 함께 있는 것이 큰 기쁨이 된다. 또 다른 행복은 학교가 끝나고 집에 돌아와 나만의 시간을 가질 때 찾아온다. 방에 누워서 내가 좋아하는 노래를 듣거나 그냥 아무것도 하지 않고 멍하니 있는 시간이 좋다. 그때는 하루의 피로가 사라지고, 머릿속의 복잡한 생각들도 잠시 멈춘다. 아무것도 하지 않더라도 나에게는 소중하고 행복한 순간이다.

이렇게 작은 행복의 순간들이 모여 내 하루를 채우고 나면 평범했던 날들이 곧 특별한 어떤 날로 변하는 기분이다. 그러면 나는 평범한 하루 속에서도 행복을 느낄 수 있다는 것에 감사하게 된다.

 완성도를 높이는 글쓰기 비법 3가지

❶ 자연스러운 흐름 : 이야기의 흐름이 자연스럽게 읽히도록 작성하세요.

❷ 진솔한 경험 서술 : 과장하거나, 꾸미지 않고 자신의 경험을 솔직하게 담으세요.

❸ 구체적인 묘사 : 구체적이고 생동감 있는 묘사를 통해 주장을 뒷받침하세요.

✎ 예시 글을 참고하여 왼쪽 면의 평가 문항 기준에 맞춘 글 한 편을
작성하고, 제목을 붙여 완성하세요.

제목 :

📖 '꿈'을 주제로 시를 한 편 작성하세요. 자신의 결심이 담긴 구체적인 내용과 그 결심을 이루기 위한 의지와 감정을 표현하세요.

내 꿈은 별처럼

하늘을 보니
내 꿈이 별처럼 반짝여.

어디에 있을지 모르지만
분명 나만의 빛나는 길이 있어.

하루하루 작은 발걸음이지만
넘어져도 일어나
웃으면서 다시 달려갈 거야.

가끔은 길이 헷갈리지만
조금씩 천천히 가다 보면
내 꿈도 어느새 가까워지겠지.

별처럼 높이 빛나는 내 꿈
멋지게 이루어 낼 날을 그려.

완성도를 높이는 글쓰기 비법 3가지

❶ 간결하고 직관적인 단어 사용 : 쉽게 이해되는 단어로 감정을 표현하세요.

❷ 생생한 비유 : 구체적인 이미지나 비유로 시각적 효과를 더하세요.

❸ 리듬감 살리기 : 짧은 문장을 반복해 리듬을 만들어 보세요.

예시 글을 참고하여 왼쪽 면의 평가 문항 기준에 맞춘 글 한 편을
작성하고, 제목을 붙여 완성하세요.

제목 :

영어로 자기소개문을 작성하세요. 이름, 나이, 성격, 취미, 가족 소개, 미래 목표와 같은 자신에 대한 흥미로운 사실을 포함해 보세요.

예시

My name is Jisoo and I am 13 years old. I am a first-year middle school student. I live in Seoul with my parents and my little brother.

One of my favorite hobbies is drawing. I love drawing characters from my favorite cartoons and creating stories about them. I also enjoy reading books, especially fantasy novels. I like imagining different worlds and adventures when I read.

In school, my favorite subjects are English and art. I think learning English is fun because it helps me understand new things and talk to people from other countries. One day, I hope to travel abroad and use my English skills to make new friends.

In the future, I want to become an artist or maybe an illustrator for books. I hope to create my own stories with beautiful illustrations. For now, I'm working hard to improve my drawing skills and do well in school.

Thank you for reading my introduction!

 완성도를 높이는 글쓰기 비법 3가지

❶ **간결한 소개** : 이름, 나이와 같은 기본 정보는 간결하게 표현하세요.
❷ **흥미로운 사실 강조** : 독특한 경험이나 관심사를 넣어 글에 개성을 더하세요.
❸ **구체적인 설명** : 좋아하는 것을 말할 때 이유는 무엇인지 연결하여 설명하세요.

예시 글을 참고하여 왼쪽 면의 평가 문항 기준에 맞춘 글 한 편을
작성하세요.

📖 최근에 있었던 경험이나 사건에 대해 영어로 일기를 작성하세요. 그 일이 어떻게 일어났고 그때 어떤 감정을 느꼈는지, 경험을 통해 무엇을 배웠는지 서술하세요. 명확하고 흥미롭게 표현하기 위해 내용에 자세한 설명을 포함하세요.

예시

October 16th, 2024

A Fun Day of Art and Friendship

Today was such a wonderful day! At school, we had a special art class where we got to make our own clay sculptures. I created a small cat because I love cats. It was a bit tricky at first, but I was so proud of how it turned out in the end. My teacher even said it looked cute! This experience taught me that if I stick with something, even if it's hard, the results can be really rewarding.

After school, I went to the park with my best friend, Yuna. We bought ice cream on the way and chatted about our favorite movies. We both love fantasy movies, so we talked and laughed for a long time about which one is the best. Spending time with Yuna reminded me of how precious these moments with friends are and how much joy they bring.

When I got home, I showed my family the clay cat I made. They liked it, which made me feel proud. Today was great, and I hope tomorrow will be just as fun!

💡 완성도를 높이는 글쓰기 비법 3가지

❶ 사건의 배경 요약 : 사건이 일어난 날짜, 장소, 상황을 간결하게 정리하세요.

❷ 감정 설명 : 그때 느낀 감정을 구체적으로 설명해 글에 생동감을 더하세요.

❸ 배운 점 서술 : 그 경험을 통해 얻은 교훈이나 변화된 생각을 표현하세요.

✏️ 예시 글을 참고하여 왼쪽 면의 평가 문항 기준에 맞춘 글 한 편을
작성하고, 제목을 붙여 완성하세요.

날짜 :

제목 :

영어로 편지를 작성하세요. 받는 사람에게 전하고 싶은 이야기나 감사, 격려의 내용을 담아 진솔하게 표현하세요.

예시

Dear Yuna,

Hi! How are you? I hope you are doing well. I'm writing to thank you for being my best friend. We have known each other for a long time now, and I always have so much fun when we are together. Whether we're talking about movies, eating ice cream, or just walking in the park, every moment is special. You always make me laugh, and I feel like I can tell you anything.

I also want to thank you for being there for me when I felt down last week. Your kind words really cheered me up, and talking to you made me feel so much better.

I'm so lucky to have a friend like you, and I hope we can stay best friends forever. Let's meet up this weekend and have more fun!

Take care and see you soon!

Your best friend,

Jisoo

 완성도를 높이는 글쓰기 비법 3가지

① **인사말 포함** : 받는 사람에게 적합한 따뜻한 인사말로 편지를 시작하세요.

② **구체적인 내용 서술** : 전하고 싶은 이야기를 구체적으로 써서 마음을 전하세요.

③ **진솔한 감정 표현** : 자신의 감정을 솔직하고 진심 어린 표현을 사용해 전달하세요.

예시 글을 참고하여 왼쪽 면의 평가 문항 기준에 맞춘 글 한 편을
작성하세요.

📖 '내가 존경하는 사람'을 주제로 영어 수필을 작성하세요. 그 사람의 성격, 행동, 업적 등이 어떤 영향을 미쳤는지 존경하는 이유를 구체적으로 설명하세요.

예시

My Mom, I Admire the Most

The person I admire the most is my mom. She is the kindest and most hardworking person I know. Whenever I have a problem, she is always there to listen and help me find a solution. Even though she is busy with work, she always makes time for our family.

One reason I admire her is her strong determination. She has faced many challenges but never gives up. For example, when she had to manage both work and family, she worked hard without complaining. She always tells me that if I try my best, I can achieve anything, and I believe that because of her.

I also admire her kindness. She is always willing to help others, whether it's for a neighbor or a friend. She makes sure that everyone feels welcome and comfortable. Her kindness and care inspire me to be more like her every day.

My mom inspires me to be a better person. She has taught me to be strong, kind, and to never give up. I hope to be just like her someday.

💡 완성도를 높이는 글쓰기 비법 3가지

❶ 주제에 해당하는 인물 소개 : 수필의 주인공을 도입부에서 바로 소개하세요.

❷ 구체적인 사례 : 성격, 행동, 업적 등을 설명하며 존경하는 이유를 뒷받침하세요.

❸ 자신에게 미친 영향 : 그 사람이 나에게 어떤 영향을 미쳤는지를 표현하세요.

예시 글을 참고하여 왼쪽 면의 평가 문항 기준에 맞춘 글 한 편을
작성하고, 제목을 붙여 완성하세요.

제목 :

_____

_____

_____

_____

_____

_____

_____

_____

_____

_____

_____

_____

_____

_____

_____

_____

_____

_____

📖 '세상을 바꾼 유명한 발명품'을 주제로 보고서를 작성하세요. 발명품의 역사와 발명자가 누구인지, 그 발명품이 세상에 미친 영향을 조사하고, 구체적인 자료와 예시를 들어 보고서를 완성하세요.

예시

The Light Bulb and Telephone

There have been many inventions throughout history that have made life easier and changed the world. One of the most famous inventions is the light bulb.

The light bulb was invented by Thomas Edison in 1879. Before the light bulb, people used candles and oil lamps to see in the dark. This was neither safe nor convenient. The light bulb allowed people to have bright, safe light at any time. It allowed people to work and study even after the sun went down, which helped improve education and productivity.

Another important invention is the telephone. It was invented by Alexander Graham Bell in 1876. Before the telephone, people had to send letters or use telegraphs to communicate over long distances, which took a long time. The telephone made it possible to talk to someone far away instantly, which changed how we communicate with each other.

💡 완성도를 높이는 글쓰기 비법 3가지

❶ 발명품의 역사 설명 : 언제, 어떻게 발명되었는지 간결하게 설명하세요.

❷ 발명자와 배경 : 발명자와 발명하게 된 배경을 짧게 서술하세요.

❸ 사회적 영향 강조 : 발명품이 세상에 미친 영향을 구체적으로 설명하세요.

✏️ 예시 글을 참고하여 왼쪽 면의 평가 문항 기준에 맞춘 글 한 편을
작성하고, 제목을 붙여 완성하세요.

제목 :

_____

_____

_____

_____

_____

_____

_____

_____

_____

_____

_____

_____

_____

_____

_____

_____

'나의 꿈'을 주제로 영어 에세이를 작성하세요. 자신의 꿈이 무엇인지, 그 꿈을 선택한 이유와 그 꿈을 이루기 위해 앞으로 어떻게 노력할 계획인지 설명하세요.

예시

Why I Want to Become a Teacher

My dream is to become a teacher. I love helping my friends with their homework and explaining things to them. It makes me happy when they understand something better because of my help. This is why I want to be a teacher when I grow up.

I chose this dream because I enjoy learning new things and sharing what I know with others. Teachers help students learn and improve, and I want to do the same. I especially want to teach English because it's fun and helps people connect worldwide.

To reach my dream, I will study hard in school, especially in English. I'll also keep practicing by explaining things to my friends and family. I believe that if I keep working hard, I can become a great teacher one day.

Becoming a teacher won't be easy, but I am ready to work hard and keep learning. I hope that in the future, I can help students just like my teachers help me now. I'm excited about what's ahead!

완성도를 높이는 글쓰기 비법 3가지

❶ **꿈을 명확히 소개** : 초반에 자신의 꿈이 무엇인지 명확하게 설명하세요.

❷ **이유 서술** : 그 꿈을 선택한 이유나 배경을 구체적으로 설명하세요.

❸ **구체적인 계획** : 앞으로 어떻게 노력할 계획인지 방법과 목표를 서술하세요.

✏️ 예시 글을 참고하여 왼쪽 면의 평가 문항 기준에 맞춘 글 한 편을
작성하고, 제목을 붙여 완성하세요.

제목 :

_____

_____

_____

_____

_____

_____

_____

_____

_____

_____

_____

_____

_____

_____

_____

_____

_____

_____

_____

'내가 가장 재미있게 읽은 책'을 주제로 영어로 홍보문을 작성하세요. 책의 제목과 줄거리, 흥미로운 점을 포함하여 10줄 이하의 글을 작성하세요.

예시

The Most Interesting Story of Magic

If you love magic, adventure, and exciting stories, you should read "Harry Potter and the Sorcerer's Stone". The main character is a boy named Harry. He realizes that he is a wizard and goes to a magical school called Hogwarts. There, he makes new friends and learns magic skill. He grows up facing many challenges, as he fights a very evil wizard.

This book is so fun because it is full of surprises, cool magical creatures, and exciting adventures. Once you start reading, you won't be able to stop! It's perfect for anyone who enjoys fantasy and wants to escape into a magical world. I loved reading this book, and I bet you do, too!

완성도를 높이는 글쓰기 비법 3가지

❶ 책의 핵심 소개 : 책의 제목과 간단한 줄거리를 소개해 독자들의 관심을 끌어요.

❷ 이유 강조 : 책을 추천하는 이유를 구체적으로 설명하세요.

❸ 추천할 대상 : 어떤 사람들에게 추천하고 싶은지 논리적으로 제시하세요.

예시 글을 참고하여 왼쪽 면의 평가 문항 기준에 맞춘 글 한 편을
작성하고, 제목을 붙여 완성하세요.

제목 :

최근 우리 반에서 일어난 흥미로운 사건을 소개하는 학급 신문 기사를 작성하세요.

Our Class Talent Show Brings Laughter and Fun!

Last Friday, our class held a talent show during homeroom, and it turned out to be the most exciting event of the week! The idea was suggested by our class president, Minji, who thought it would be a great way for everyone to show their hidden talents.

The show took place in our classroom, and about ten students participated. We saw amazing performances like singing, dancing, magic tricks, and even stand-up comedy. One of the highlights was Jisoo's incredible dance routine, which got everyone cheering loudly. Another funny moment was when Hyunwoo's jokes made the whole class burst into laughter.

The event not only gave us a chance to have fun but also brought our class closer together. Everyone enjoyed the show, and even students who didn't perform were very supportive. Minji said, "It was so much fun! We should definitely do this again sometime."

Overall, our class talent show was a big success. It was a fantastic way to end the week, leaving everyone smiling.

완성도를 높이는 글쓰기 비법 3가지

❶ **육하원칙 적용** : '누가, 언제, 어디에서, 무엇을, 어떻게, 왜'가 드러나도록 작성하세요.
❷ **핵심 사건 강조** : 가장 흥미로운 사건이나 주제를 중심으로 기사 내용을 구성하세요.
❸ **간결한 문장** : 짧고 명확한 문장으로 주요 정보를 담아, 쉽게 읽히도록 작성하세요.

✏️ 예시 글을 참고하여 왼쪽 면의 평가 문항 기준에 맞춘 글 한 편을
작성하고, 제목을 붙여 완성하세요.

제목:

📖 건물, 도로, 물건 등 다양한 곳에서 발견할 수 있는 도형을 선택하고, 우리 주변에서 도형의 성질을 활용한 사례를 들어 구체적으로 설명하세요.

삼각형의 성질을 활용한 다리 구조

삼각형의 성질을 활용한 사례는 우리 주변에서 쉽게 찾을 수 있습니다. 그중 하나는 다리에 삼각형 구조가 사용된 예입니다. 다리(교량)의 철골 구조에서 많이 볼 수 있습니다.

다리 구조물은 매우 무거운 차량과 사람들을 지탱해야 하기 때문에 튼튼해야 합니다. 여기서 삼각형의 성질이 큰 역할을 합니다. 삼각형은 다른 도형과 달리 외부 힘에 의해 모양이 쉽게 변하지 않습니다. 반면, 사각형이나 다른 다각형은 힘이 가해지면 형태가 변할 수 있습니다. 그래서 다리나 건물의 구조에 삼각형이 많이 사용되는 것입니다.

예를 들어, 우리가 자주 지나가는 다리 아래를 보면 철근이 삼각형 모양으로 연결된 것을 볼 수 있습니다. 이는 삼각형이 다리의 무게를 고르게 분산시키고, 외부에서 오는 압력을 잘 견디게 해 주기 때문입니다.

삼각형은 이처럼 다리뿐만 아니라 건물의 지붕 구조에도 자주 사용됩니다. 튼튼하고 안정적인 구조를 만들기 위해 꼭 필요하지요. 우리 주변에서 흔히 보이는 다리와 건물들이 모두 삼각형 덕분에 안전하게 유지된다는 사실이 흥미롭습니다.

💡 **완성도를 높이는 글쓰기 비법 3가지**

❶ **구체적인 사례** : 주변에서 도형이 활용된 구체적인 사례를 선택하세요.
❷ **도형의 성질** : 선택한 도형의 성질을 간단하고 명확하게 설명하세요.
❸ **활용 방식 서술** : 도형이 어떻게 사용되었는지, 어떤 이점이 있는지 구체적으로 서술하세요.

✏ 예시 글을 참고하여 왼쪽 면의 평가 문항 기준에 맞춘 글 한 편을
작성하고, 제목을 붙여 완성하세요.

제목 :

📖 수학 잡지를 창간하기로 했어요. 잡지의 이름을 짓고 기사로 쓸 내용을 4가지로 요약해 작성하세요. 잡지 이름은 수학의 특징을 잘 나타낼 수 있도록 창의적으로 지어 보고, 흥미로운 주제나 실제 생활 속에서 수학이 어떻게 쓰이는지에 관한 기사 아이디어를 작성하세요.

예시

수학 탐험대

1) 생활 속 수학 찾기 : 우리가 일상생활에서 쉽게 지나치는 수학 원리를 설명합니다. 예를 들어 할인 계산법, 요리할 때의 비율 계산, 스마트폰 화면 비율 등이 어떻게 수학과 관련이 있는지 알려 줍니다.

2) 건축물에 숨겨진 도형의 비밀 : 건축물에서 사용되는 다양한 도형들과 그 성질을 탐구하는 기사입니다. 특히 삼각형, 사각형, 원 등이 어떻게 건물 구조를 튼튼하게 만드는지 어떻게 사용되는지 설명합니다.

3) 수학자들의 위대한 발견 : 수학사에서 중요한 역할을 했던 수학자들과 그들의 발견을 다룹니다. 피타고라스 정리, 아르키메데스의 원리 등 수학적 발견이 세상을 어떻게 변화시켰는지 이야기합니다.

4) 게임 속 수학 찾기 : 인기 있는 게임 속에도 수학적 개념이 숨어 있다는 것을 설명하는 기사입니다. 게임에서의 점수 계산, 승리 전략, 또는 퍼즐 게임에서의 논리적 사고가 수학적 원리와 어떻게 연결되는지 다룹니다.

완성도를 높이는 글쓰기 비법 3가지

❶ **창의적인 제목** : 수학의 특성을 담은 독창적인 제목을 지으세요.
❷ **실생활 사례** : 수학이 실생활에 쓰이는 구체적 사례를 활용해 기사 아이디어를 작성하세요.
❸ **흥미로운 소재** : 독자의 관심을 끌 만한 흥미로운 소재의 수학 이야기를 선택하세요.

✏️ 예시 글을 참고하여 왼쪽 면의 평가 문항 기준에 맞춘 글 한 편을 작성하고, 제목을 붙여 완성하세요.

잡지 이름 :

_____

_____

_____

_____

_____

_____

_____

_____

_____

_____

_____

_____

_____

_____

_____

_____

_____

_____

📖 일상생활에서 방정식을 활용할 수 있는 상황을 설정하고, 그에 맞는 서술형 수학 문제를 만들어 보세요. 예를 들어 쇼핑이나 요리를 하는 상황에서 방정식을 활용해 풀 수 있는 문제를 만들고, 문제를 해결하기 위해 세워야 하는 방정식과 풀이 과정을 서술형으로 설명하세요.

예시

문제

지수는 서점에서 책을 구매하려고 한다. 책 한 권의 가격은 8,000원이고, 지수는 총 5권의 책을 사고 싶다. 현재 지수가 가진 돈은 30,000원이고, 나머지는 부모님께 돈을 받아 구매하려고 한다. 지수가 부모님께 얼마나 더 받아야 책을 살 수 있을지 방정식을 세워 구하시오.

예시 답안

먼저, 지수가 사고 싶은 책 5권의 총 가격을 구해야 한다. 책 한 권의 가격이 8,000원이므로, 5권의 총 가격은 다음과 같다.

$8,000 \times 5 = 40,000$원

지수에게 이미 30,000원이 있으므로, 부족한 금액을 구하려면 전체 금액에서 이 돈을 빼면 된다.

$40,000 - 30,000 = 10,000$원

따라서, 지수는 부모님께 10,000원을 받아야 책을 구매할 수 있다.

이를 방정식으로 나타내면, 지수가 받아야 할 돈을 x라고 할 때 다음과 같다.

$30,000 + x = 40,000$

$x = 40,000 - 30,000 = 10,000$

💡 **완성도를 높이는 글쓰기 비법 3가지**

❶ **실생활 상황 설정** : 일상적인 상황을 배경으로 문제를 만드세요.

❷ **방정식 설정** : 문제 해결을 위한 방정식을 명확히 세우세요.

❸ **풀이 과정 설명** : 방정식을 풀고, 결과를 상황에 적용하세요.

예시 글을 참고하여 왼쪽 면의 평가 문항 기준에 맞춘 글 한 편을
작성하세요.

_____

_____

_____

_____

_____

_____

_____

_____

_____

_____

_____

_____

_____

_____

_____

_____

_____

_____

📖 과학적 방법을 이용하여 일상생활에서 겪은 문제를 해결하는 과정을 서술하세요. 관찰-가설 설정-실험-결과 분석-결론의 과정을 포함해 작성하세요.

예시

식물이 잘 자라지 않는 이유 찾기

최근에 집에서 키우던 식물이 잘 자라지 않아 걱정이 됐다. 잎이 노랗게 변하고, 물을 줘도 나아지지 않았다. 그래서 과학적 방법을 사용해 문제를 해결하기로 했다.

관찰 : 식물은 창가에 있었지만, 햇빛을 충분히 받지 못하고 있었다. 잎이 노랗게 변했고, 줄기가 약해졌다.

가설 설정 : 첫 번째 가설은 햇빛이 부족해서 식물이 잘 자라지 못한다는 것이었고, 두 번째 가설은 물을 너무 많이 줘서 문제가 발생했다는 것이었다.

실험 : 먼저 첫 번째 가설을 검증하기 위해, 이 주일 동안 식물을 더 밝은 창가로 옮겨 햇빛을 충분히 받게 했다. 이 기간 동안 물을 주는 간격은 그대로 유지하며 변화를 관찰했다.

결과 분석 : 이 주일 후 식물은 다시 건강해졌고, 줄기가 더 튼튼해졌다. 이 결과를 통해 식물이 잘 자라지 않았던 원인이 일조량 때문이었다는 결론을 내릴 수 있었다.

결론 : 과학적 방법을 통해 식물이 잘 자라지 않는 원인을 찾아 해결할 수 있었다. 햇빛을 충분히 받게 한 방법 덕분에 식물은 다시 건강하게 자랐다.

💡 **완성도를 높이는 글쓰기 비법 3가지**

❶ 구체적인 문제 설정 : 일상에서 겪은 문제를 구체적으로 설명하세요.

❷ 해결 과정 서술 : 관찰-가설 설정-실험-결과 분석을 논리적으로 연결하세요.

❸ 명확한 결론 : 문제 해결에 대한 결론을 명확히 제시하세요.

✏️ 예시 글을 참고하여 왼쪽 면의 평가 문항 기준에 맞춘 글 한 편을 작성하고, 제목을 붙여 완성하세요.

제목 :

_____

_____

_____

_____

_____

_____

_____

_____

_____

_____

_____

_____

_____

_____

_____

_____

_____

📖 최신 과학 이슈를 주제로 뉴스 기사를 작성하세요. 최근 과학 분야에서 주목받는 기술이나 연구 결과를 선택하고, 그것이 무엇을 의미하고 왜 중요한지 설명하세요.

예시

전기차와 수소차의 미래

최근 전기차와 수소차 기술에 많은 과학자들의 관심이 쏠려 있다. 지구 온난화를 늦추기 위해서 온실가스 배출량이 적은 자동차가 필요하다는 인식이 점점 커지고 있기 때문이다.

전기차는 전기를 이용해 달리는 차로, 주행 중 오염 물질을 거의 배출하지 않아 환경에 매우 친화적이다. 요즘 많은 자동차 회사들이 전기차를 생산하며, 도로에서도 전기차를 쉽게 볼 수 있다. 또한 충전소도 늘어나서 전기차 사용이 더 편리해지고 있다.

수소차는 전기차와 조금 다르다. 수소를 이용해 전기를 만들어 달리는 차인데, 충전 시간이 짧고 한 번 충전하면 더 먼 거리를 갈 수 있다는 장점이 있다. 수소차도 전기차처럼 오염 물질을 거의 배출하지 않아 친환경적이다. 현대자동차를 비롯한 여러 회사들이 수소차를 계속해서 연구하고 개발하는 중이며, 앞으로 더 많은 사람들이 수소차를 이용할 것으로 기대된다.

지구 온난화로 인한 문제가 갈수록 심각해지는 만큼 온실가스 배출량이 적은 친환경 전기차와 수소차의 보급은 앞으로 더 중요해질 것이다. 현재는 화석 연료를 사용하는 자동차들이 많지만 이를 전기차와 수소차로 대체하면 환경 오염을 줄이고 기후 변화를 늦추는 데도 도움이 될 것이다. 이는 과학 기술의 발전이 환경에도 긍정적인 영향을 미치는 사례가 될 것이다.

💡 완성도를 높이는 글쓰기 비법 3가지

❶ 주제를 명확히 설명 : 글의 중심 주제를 간결하게 전달하세요.
❷ 비교와 대조 활용 : 전기차와 수소차의 차이점을 명확히 설명하세요.
❸ 미래 전망 제시 : 친환경 자동차의 발전과 미래에 대한 기대를 포함하세요.

✏️ 예시 글을 참고하여 왼쪽 면의 평가 문항 기준에 맞춘 글 한 편을 작성하고, 제목을 붙여 완성하세요.

제목 :

📖 인공 지능(AI) 기술이 우리 사회에 미치는 긍정적 영향과 부정적 영향을 조사하고, 자신의 의견을 포함하여 서술하세요. 인공 지능이 교육, 의료, 산업 등 다양한 분야에서 어떻게 활용되는지 구체적인 사례를 제시하고, 이 기술이 사회에 미치는 장점과 단점을 비교 분석하세요.

예시

인공 지능이 우리 사회에 미치는 영향

인공 지능은 다양한 분야에서 인간에게 유익하다. 예를 들어 병원에서 인공 지능은 질병을 신속하게 진단하는 데 도움을 준다. 이를 통해 의사들은 시간을 절약하고 더 정확한 진단을 내릴 수 있다. 또한 자율 주행차와 같은 기술에도 인공 지능이 활용되며, 이 기술 덕분에 사고를 줄이고 운전 시간을 절약할 수 있다.

하지만 인공 지능 기술이 항상 긍정적이지만은 않다. 인공 지능이 발전함에 따라 많은 사람들이 일자리를 잃을 거라는 우려가 있다. 예를 들어 공장에서 인공 지능 로봇이 인간의 일을 대신하면, 많은 사람들이 직장을 잃을 수 있다. 또한 인공 지능은 사람의 감정을 이해하지 못하고 기계적으로 판단하기 때문에 잘못된 결정을 내릴 가능성이 있다.

나는 인공 지능이 사회에 많은 이점을 제공하지만, 그만큼 신중히 다루어야 한다고 생각한다. 인공 지능은 인간을 대체하는 것이 아니라, 인간을 돕는 도구로 사용되어야 한다. 또한 인공 지능이 잘못된 판단을 하지 않도록 인간의 지속적인 감독이 반드시 필요하다.

완성도를 높이는 글쓰기 비법 3가지

❶ **장단점 비교 분석** : 인공 지능의 장단점을 균형 있게 다루세요.
❷ **구체적 예시** : 인공 지능 활용 사례를 구체적으로 제시하세요.
❸ **명확한 의견 표현** : 나의 의견과 제안을 분명하게 쓰세요.

예시 글을 참고하여 왼쪽 면의 평가 문항 기준에 맞춘 글 한 편을 작성하고, 제목을 붙여 완성하세요.

제목 :

지구 온난화가 생태계에 미치는 영향을 조사하고, 그 내용을 바탕으로 보고서를 작성하세요. 보고서에는 지구 온난화로 인해 생태계가 어떻게 변화하는지 구체적으로 설명하세요.

예시

지구 온난화가 북극곰에게 미치는 영향

지구 온난화는 북극 생태계에 큰 변화를 일으키며, 북극곰에게도 심각한 영향을 미친다. 북극곰은 빙하 위에서 생활하며 사냥을 하는데, 지구 온난화로 인해 빙하가 녹아 없어지는 것이다. 지구 온난화로 인한 생태계의 변화와 영향은 다음과 같이 정리할 수 있다.

1. 서식지의 소멸 : 지구 온난화로 북극의 기온이 상승하며 빙하가 빠르게 녹고 있다. 빙하가 줄어들수록 북극곰이 살 수 있는 공간도 함께 사라진다.

2. 북극곰의 먹이 감소 : 빙하가 녹으면서 북극곰은 먹이를 찾기 위해 더 먼 거리를 헤엄쳐야 한다. 이는 체력 소모를 증가시키며, 사냥에 실패하는 횟수가 늘어나 북극곰이 굶주리게 만든다.

3. 멸종 위기 : 빙하가 줄어들면서 서식지 소멸과 북극곰의 먹이 감소 문제가 심화하며 갈수록 북극곰의 개체 수가 감소하고 있다. 현재 북극곰은 멸종 위기 동물로 분류된다.

지구 온난화는 북극곰의 서식지인 빙하를 소멸시켜 북극곰의 생존에 큰 위협이 되는 원인이다. 이를 막기 위해 탄소 배출을 줄이고 환경 보호에 동참해야 하며, 우리의 작은 실천이 모이면 북극곰을 구하는 데 큰 도움이 될 것이다.

완성도를 높이는 글쓰기 비법 3가지

❶ 구체적 예시 : 지구 온난화의 영향을 구체적으로 설명하세요.
❷ 논리적 연결 : 원인과 결과를 자연스럽게 이어 가세요.
❸ 실천 강조 : 환경 보호의 중요성을 강조하세요.

✏️ 예시 글을 참고하여 왼쪽 면의 평가 문항 기준에 맞춘 글 한 편을 작성하고, 제목을 붙여 완성하세요.

제목 :

음식을 섭취했을 때 그 음식이 소화되어 에너지로 전환되는 과정을 설명하세요. 각 소화 기관의 역할을 포함하여 음식이 몸에서 어떻게 처리되고 에너지로 전환되는지 구체적으로 서술하세요.

예시

음식이 소화되어 에너지로 전환되는 과정

우리가 음식을 먹으면, 그 음식은 소화 기관을 통해 에너지원으로 바뀐다. 먼저, 음식은 입에서 씹히면서 침 속에 있는 아밀레이스라는 효소에 의해 일부 탄수화물이 분해된다. 이후 음식은 식도를 거쳐 위로 이동하고, 위에서는 위산과 펩신이라는 효소가 단백질을 분해한다. 이 과정에서 음식은 점차 작은 조각으로 잘게 나누어져 소화가 진행된다.

다음으로, 음식은 소장으로 이동해 본격적인 소화가 이루어진다. 췌장에서 분비된 소화 효소와 담즙이 음식 속 지방을 분해하는 역할을 한다. 이때, 소장의 미세한 돌기인 융모를 통해 포도당, 아미노산, 지방산 등의 영양소가 흡수되며, 영양소는 혈액을 타고 몸의 각 세포로 이동한다. 세포 내에서는 세포 호흡이라는 과정을 통해 영양소를 에너지로 변환한다.

마지막으로, 소장에서 흡수되지 않은 찌꺼기들은 대장으로 이동해 남은 수분이 재흡수된다. 이후 찌꺼기는 배설물로 변해, 항문을 통해 몸 밖으로 배출된다. 이렇게 음식은 소화 과정을 거쳐 우리 몸에 필요한 에너지를 제공하게 된다.

완성도를 높이는 글쓰기 비법 3가지

❶ **논리적인 설명** : 소화 과정을 논리적인 순서대로 나열하세요.
❷ **기관 역할 강조** : 각 소화 기관의 기능을 명확하게 설명하세요.
❸ **핵심 정보 중심** : 소화 과정의 핵심만 간결하게 설명하세요.

✏️ 예시 글을 참고하여 왼쪽 면의 평가 문항 기준에 맞춘 글 한 편을 작성하고, 제목을 붙여 완성하세요.

제목 :

전 세계 여러 도시 중 살고 싶은 도시를 한 곳 선정하고, 그 이유와 그 도시에 관한 정보를 소개하는 글을 작성하세요.

예시

살고 싶은 도시, 런던

내가 살고 싶은 도시는 영국의 런던이다. 런던은 현대적이면서 유서 깊은 역사를 가진 도시로, 전 세계적으로 중요한 예술과 문화, 경제의 중심지다. 런던에서는 다양한 문화를 경험할 수 있을 뿐만 아니라, 교육과 예술 분야에서도 풍부한 기회를 제공한다. 이러한 점들이 내가 런던을 선택한 이유다.

내가 런던에 살고 싶은 이유를 더 자세히 설명하겠다. 런던에는 내셔널 갤러리 같은 미술관이 있어 세계적인 작품을 감상할 수 있으며, 빅 벤, 버킹엄 궁전, 타워 브리지 같은 역사적인 건축물도 둘러 볼 수 있다.

또한 전 세계에서 모인 사람들이 함께 생활하는 다문화 도시여서 다양한 나라의 음식을 맛보고 여러 문화를 체험할 수 있다. 교통이 편리해 도시 내 어디로든 쉽게 이동할 수 있다는 것도 큰 장점이다.

마지막으로 런던은 곳곳에 쉴 수 있는 환경이 잘 갖춰져 있다. 하이드 파크나 리젠트 파크 같은 공원에서 자연 속 여유를 즐길 수 있다.

이러한 이유로 나는 런던이 내가 살고 싶은 도시라고 확신한다.

 완성도를 높이는 글쓰기 비법 3가지

❶ **특징 설명** : 도시의 주요 특징(건축물, 교통, 문화 등)을 설명하세요.
❷ **구체적인 이유** : 그 도시를 선택한 이유를 명확하고 자세하게 서술하세요.
❸ **도시의 장점 강조** : 생활 환경과 문화를 중심으로 장점을 강조하세요.

✏️ 예시 글을 참고하여 왼쪽 면의 평가 문항 기준에 맞춘 글 한 편을 작성하고, 제목을 붙여 완성하세요.

제목 :

최신 사회 이슈를 주제로 뉴스 기사를 작성하고, 그 이슈가 왜 중요한지 설명하세요. 이 이슈가 사회와 경제에 미치는 영향을 구체적으로 서술하세요.

예시

최저 임금 인상 문제 논의, 왜 중요한가?

최근 최저 임금 인상이 중요한 사회적 이슈로 떠올랐다. 정부는 경제 불평등을 줄이고 저임금 노동자들의 생활 수준을 높이기 위해 최저 임금을 인상하겠다고 발표했다. 하지만 이 결정에 찬반이 나뉘며 다양한 의견이 쏟아지고 있다.

1. 찬성 측 의견 : 최저 임금 인상을 지지하는 쪽에서는 저소득층의 경제적 어려움을 해소하고, 노동자의 권리를 보호해야 한다고 주장한다. 인상된 임금은 노동자들의 소비 능력을 높여 경제 활성화에도 긍정적인 영향을 미칠 수 있다. 또한, 생활비 상승과 물가 인상에 대응하는 효과적인 방법이 될 수 있다는 연구도 있다.

2. 반대 측 의견 : 반대하는 쪽에서는 최저 임금 인상이 중소기업과 자영업자들에게 큰 부담이 될 것이라고 우려한다. 인건비 상승으로 인해 고용이 감소하거나 가격 인상이 불가피해 소비자에게도 피해가 돌아갈 수 있다는 지적이 나온다. 또한, 지나친 최저 임금 인상은 저숙련 노동자들이 일자리를 잃을 위험을 높인다는 의견도 있다.

최저 임금 인상은 경제와 사회 전반에 큰 영향을 미치는 중요한 문제다. 사회적 불평등을 완화하고 경제의 안정적 성장을 도모하기 위해 정부와 기업, 노동자들이 협력해 최저 임금 인상의 부작용을 최소화할 수 있는 해결 방안을 논의해야 한다. 중소기업 지원책이나 단계적 임금 인상 방안 등을 통해 모두가 수용할 수 있는 해결책을 찾는 것이 중요하다.

🔅 완성도를 높이는 글쓰기 비법 3가지

❶ **찬반 의견 제시** : 찬성과 반대 의견을 균형 있게 설명하세요.

❷ **구체적 예시** : 사회와 경제에 미치는 영향을 구체적으로 설명하세요.

❸ **해결 방안 제시** : 논의의 필요성과 함께 해결 방안을 제시하며 마무리하세요.

✏️ 예시 글을 참고하여 왼쪽 면의 평가 문항 기준에 맞춘 글 한 편을 작성하고, 제목을 붙여 완성하세요.

제목 :

역사 속 한 인물을 선택하여, 그 인물이 이룬 주요 업적과 그 인물이 사회나 후대에 미친 영향을 구체적으로 설명하세요. 인물이 활동한 시대 배경과 중요성도 함께 서술하세요.

예시

조선의 큰 기둥, 세종 대왕을 다시 만나다

조선의 제4대 왕인 세종 대왕은 우리나라 역사에서 가장 위대한 지도자 중 한 명으로 평가받는다. 그는 정치, 과학, 문화 등 다양한 분야에서 많은 업적을 남겼으며, 특히 백성을 위한 정책을 펼친 것으로 유명하다. 그중에서도 가장 큰 업적은 한글 창제이다. 세종 대왕은 백성들이 어려운 한자를 사용하지 않고도 자신의 생각을 표현할 수 있도록 1443년에 한글을 창제했고, 1446년에 '훈민정음'이라는 이름으로 반포했다. 이 덕분에 조선의 백성들은 더 쉽게 글을 배워 사용하게 되었고, 우리나라의 문화도 크게 발전했다.

세종 대왕은 과학 기술 발전에도 큰 관심을 가졌다. 그 대표적인 예가 1441년 발명된 측우기다. 측우기는 세계 최초로 만들어진 강수량 측정 기구로, 농업에 큰 도움을 주었다. 이를 통해 조선은 강수량을 정확하게 파악하고 농사 계획을 세울 수 있었다.

또한 세종 대왕은 학문 연구와 교육에도 많은 노력을 기울였다. 그는 집현전이라는 학문 연구소를 설립해 유능한 학자들이 다양한 학문을 연구하도록 도왔다. 이곳에서 활동한 학자들은 한글 창제에도 참여했으며, 나라의 정책을 연구하고 발전시키는 데 중요한 역할을 했다. 세종 대왕의 이러한 노력 덕분에 조선은 학문에서도 큰 발전을 이루었다.

💡 완성도를 높이는 글쓰기 비법 3가지

① 주요 업적 나열 : 인물의 핵심 업적을 간결하게 정리하세요.
② 구체적 예시 : 인물의 업적에 관한 자료를 조사하여 예시를 나열하세요.
③ 긍정적인 영향 : 업적이 백성과 국가에 미친 긍정적인 영향을 강조하세요.

✏️ 예시 글을 참고하여 왼쪽 면의 평가 문항 기준에 맞춘 글 한 편을
작성하고, 제목을 붙여 완성하세요.

제목 :

📖 일상에서 민주주의가 적용된 사례를 2가지 이상 찾아 설명하세요. 사례마다 민주주의의 원리가 어떻게 적용되었는지, 그렇게 보는 이유는 무엇인지 작성하세요.

예시

일상 속 민주주의 적용 사례

1. 학생회 선거

학교에서 이루어지는 학생회 선거는 민주주의를 실천하는 대표적인 예이다. 후보들이 자신의 공약을 발표하고, 학생들이 원하는 후보에게 투표하는 과정은 다수결의 원칙이 적용된 민주주의의 한 형태이다. 다수의 선택을 존중해 학생들의 대표를 선출하는 이 과정에서 학생들은 자신의 의견을 자유롭게 표현하며, 결과에 따라 서로의 선택을 존중하는 법을 배운다.

2. 동아리 활동 결정

동아리에서 특정 활동을 결정할 때도 민주주의 원리가 적용된다. 동아리 회원들이 각자의 의견을 내고 논의하여 의견을 선택하는 과정은 민주적 절차이다. 예를 들어, 봉사 활동 장소를 정하거나 다음 모임의 주제를 결정할 때 회원들이 토론한 후 결론을 내리는 방식은 참여와 합의의 원칙을 반영한다.

3. 학급 행사 결정

학급에서 체육 대회나 소풍 같은 행사를 결정할 때도 민주주의가 실현된다. 학급 대표나 교사가 일방적으로 정하지 않고 학생들의 의견을 모은 뒤 투표로 결정하는 방식은, 참여를 보장한 뒤 다수의 의견을 따르는 민주적 절차다.

💡 **완성도를 높이는 글쓰기 비법 3가지** ✨

❶ **간결한 핵심 전달** : 각 사례를 간결하게 설명하고 핵심만 전달하세요.

❷ **구체적 예시** : 민주주의가 적용된 실제 사례를 구체적으로 제시하세요.

❸ **절차에 담긴 의미 강조** : 민주주의 절차가 무엇을 보장하고 반영하는지 강조하세요.

✎ 예시 글을 참고하여 왼쪽 면의 평가 문항 기준에 맞춘 글 한 편을
작성하고, 제목을 붙여 완성하세요.

제목 :

현대 사회에서 인권 문제로 주목받는 사건을 하나 선택해 그 사건의 배경과 주요 내용을 설명하세요. 이를 통해 인권이 왜 중요한지 자신의 의견을 포함해 글을 작성하세요.

예시

조지 플로이드 사건을 통해 본 인권의 중요성

2020년 미국에서 발생한 조지 플로이드 사건은 현대 사회에서 인종 차별과 인권 문제를 다시금 주목하게 만들었다. 경찰이 조지 플로이드를 체포하는 과정에서 과도한 폭력을 저지르는 바람에 플로이드는 목숨을 잃었고, 그의 죽음은 전 세계에 큰 충격을 주었다. 이 사건은 미국 사회에 깔린 인종 차별 문제를 드러내며 논란을 촉발했다.

조지 플로이드 사건은 인권이 보호되지 않을 때 폭력이 어떻게 만연할 수 있는지, 얼마나 쉽게 인명 피해가 날 수 있는지를 잘 보여 준다. 인간은 누구나 평등하게 대우 받고 존중받아야 할 권리가 있다. 특히 인종, 성별, 출신에 상관없이 모두가 동등한 대우를 받아야 한다는 원칙이 사회적으로 지켜져야 한다. 그런데 이 원칙이 지켜지지 않으니 공권력조차 인종을 차별해 행동한 것이다.

이 사건을 계기로 전 세계에 'Black Lives Matter'(흑인들의 목숨은 중요하다) 운동이 더욱 확산되었다. 차별 때문에 일상에서 목숨을 위협받는 사회는 분열되고 서로의 불신이 커질 수밖에 없다. 이런 사회에 각성을 촉구하고 모든 인종의 인권을 똑같이 보호하라고 요구한 것이다. 바꿔 말하면 모든 사람의 인권이 보호되는 사회가 되어야 무고한 죽음과 원칙에 어긋나는 폭력을 막을 수 있다. 인권 보호는 단순히 개인의 문제가 아니라 사회 전체의 안정에 관한 문제로, 더 나은 사회를 만들기 위해 반드시 해결해야 할 과제이다.

 완성도를 높이는 글쓰기 비법 3가지

❶ 사건의 핵심 요약 : 사건의 배경과 과정을 간결하게 설명하세요.

❷ 인권의 중요성 강조 : 사건을 통해 인권 보호의 필요성과 그 중요성을 부각하세요.

❸ 사회적 영향 서술 : 사건이 사회에 미친 영향을 분석하고 서술하세요.

✏️ 예시 글을 참고하여 왼쪽 면의 평가 문항 기준에 맞춘 글 한 편을
작성하고, 제목을 붙여 완성하세요.

제목 :

_____

_____

_____

_____

_____

_____

_____

_____

_____

_____

_____

_____

_____

_____

_____

_____

_____

_____

_____

학교와 사회에서 공동체 생활을 할 때 지켜야 할 중요한 규칙을 선정하고, 이러한 규칙을 지킬 때 생기는 이점을 설명하세요.

예시

학교와 사회에서 지켜야 할 규칙의 중요성

규칙이란 사람들이 함께 생활할 때 질서를 유지하고, 서로의 권리를 보호하기 위해 만든 약속이다. 공동체 생활에서 규칙을 지키지 않으면 혼란이 생기고, 다른 사람에게 피해를 줄 수 있다.

학교에서 지켜야 할 규칙 중 하나는 수업 시간에 집중하는 것이다. 학생들이 수업 중에 떠들거나 장난을 치면, 다른 친구들의 학습에 방해가 되고, 교사도 수업을 원활하게 진행할 수 없다.

사회에서 지켜야 할 규칙으로는 교통 법규 준수가 있다. 신호를 무시하거나 무단 횡단을 하면 교통사고가 발생할 수 있으며, 이는 나와 타인의 안전을 위협한다. 또 다른 예로는 공공장소에서 예의를 지키는 것이다. 쓰레기를 함부로 버리거나 큰 소리로 떠드는 행동은 다른 사람들에게 불쾌감을 줄 수 있기 때문에, 모두가 공공장소에서 기본적인 규칙을 지켜야 한다.

규칙을 지키면 학교와 사회에서 질서와 안정을 쉽게 유지할 수 있다. 사람들이 규칙에 따라 움직이면, 서로 신뢰할 수 있고 안정적인 생활을 할 수 있다. 규칙을 지켜서 다른 사람의 권리를 보호함에 따라 자연스럽게 나의 권리도 존중받는 것이다.

완성도를 높이는 글쓰기 비법 3가지

1 규칙 선정 : 학교와 사회에서 지켜야 할 규칙을 구분해 명확히 선정하세요.

2 이점 설명 : 규칙을 지킬 때 얻는 구체적인 이점을 설명하세요.

3 구체적 예시 : 실제 생활에서 규칙 준수의 긍정적인 영향을 예시로 들어 설명하세요.

예시 글을 참고하여 왼쪽 면의 평가 문항 기준에 맞춘 글 한 편을
작성하고, 제목을 붙여 완성하세요.

제목 :

_____

_____

_____

_____

_____

_____

_____

_____

_____

_____

_____

_____

_____

_____

_____

_____

_____

_____

_____

_____

다문화 축제를 기획해 다양한 문화를 이해하고 존중할 수 있는 축제 코너 3가지를 만들어 보세요. 축제의 이름을 정하고 각 코너에서는 어떤 활동을 할지, 그 코너를 통해 어떤 가치를 배울 수 있을지 구체적으로 설명하세요.

예시

다양한 문화, 하나의 축제

1. 전통 의상 체험 코너

세계 여러 나라의 아름다운 전통 의상을 직접 입어 볼 수 있는 기회를 제공한다. 이때 한국의 한복, 일본의 기모노, 인도의 사리 등 다양한 전통 의상에 담긴 의미를 함께 소개한다. 참가자들은 의상을 입고 사진도 찍고 자료도 살펴볼 수 있다. 이를 통해 참가자들은 다른 나라의 전통문화를 더 깊이 이해할 수 있다.

2. 세계 음식 체험 코너

이 코너에서는 다양한 나라의 전통 음식을 맛볼 기회를 제공한다. 멕시코의 타코, 이탈리아의 피자, 중국의 딤섬 등 각국의 대표 음식을 준비해 유래를 알리고 참가자들이 시식할 수 있게 한다. 이를 통해 음식에 담긴 문화적 의미를 배우고, 서로 다른 식문화를 체험하며 존중하는 태도를 기를 수 있다.

3. 전통 놀이 체험 코너

각 나라의 전통 놀이를 직접 체험할 수 있는 공간을 마련한다. 한국의 윷놀이, 브라질의 카포에라, 아프리카의 전통 놀이 등을 배우는 시간을 갖는다. 놀이를 통해 참가자들이 자연스럽게 각 나라의 전통과 문화를 배우는 기회를 제공한다.

완성도를 높이는 글쓰기 비법 3가지

❶ **문화 체험 중요성 강조** : 다양한 문화 체험의 중요성을 강조하세요.

❷ **구체적 예시** : 의상, 음식, 놀이 등 구체적인 예시를 들어 설명하세요.

❸ **가치 전달** : 체험을 통해 문화 존중의 가치를 전달하는 것을 목표로 하세요.

✏️ 예시 글을 참고하여 왼쪽 면의 평가 문항 기준에 맞춘 글 한 편을
작성하고, 제목을 붙여 완성하세요.

제목 :

📖 사회적 약자가 누구인지, 사회적 약자를 돕는 것이 왜 중요한지 설명하고, 우리가 일상생활에서 사회적 약자를 도울 수 있는 구체적인 방법을 제시하세요.

예시

사회적 약자를 돕는 것이 왜 중요한가

사회적 약자는 경제적, 신체적, 사회적 이유로 어려움을 겪는 사람들을 뜻한다. 예를 들어 고령자, 장애인, 저소득층, 어린이, 이주민 등이 이에 해당한다. 이들은 스스로 생활을 꾸려 나가기 어려운 경우가 많아 사회의 지원이 필요하다.

사회적 약자를 돕는 것은 함께 살아가는 사회에서 매우 중요한 일이다. 약자를 돕는 것은 더 평등한 사회를 만들고, 서로 신뢰하며 협력할 수 있는 환경을 제공한다. 또한, 누구나 언젠가 약자의 위치에 놓일 수 있기 때문에, 사회적 약자를 돕는 것은 결국 나 자신에게도 중요한 일이다.

일상생활에서 사회적 약자를 돕는 방법은 여러 가지가 있다. 첫째, 대중교통에서 장애인 좌석을 양보하거나 휠체어 사용자를 위한 공간을 확보할 수 있다. 둘째, 고령자를 돕는 방법으로 어르신이 길을 건널 때 도와드리거나, 짐을 들어드리는 작은 행동이 큰 도움이 될 수 있다. 셋째, 저소득층을 위한 기부나 봉사 활동에 참여하는 것도 좋은 방법이다. 자선 단체에 기부하거나 불우 이웃을 돕는 행사는 쉽게 참여할 수 있는 활동 중 하나이다.

이처럼 우리는 일상에서 작은 행동을 통해 사회적 약자에게 도움을 줄 수 있으며, 이를 통해 더 나은 사회를 만들 수 있다.

💡 완성도를 높이는 글쓰기 비법 3가지

❶ 명확한 정의 : 사회적 약자의 의미를 분명하게 설명하세요.

❷ 구체적 사례 제시 : 실생활에서 사회적 약자를 도울 수 있는 방법을 구체적으로 제시하세요.

❸ 사회적 가치 강조 : 약자를 돕는 것이 사회에 미치는 긍정적인 영향을 강조하세요.

예시 글을 참고하여 왼쪽 면의 평가 문항 기준에 맞춘 글 한 편을
작성하고, 제목을 붙여 완성하세요.

제목 :

📖 자기 경험을 바탕으로 책임감이 왜 중요한지 구체적으로 설명하세요. 학급 내에서 책임감을 갖고 해야 하는 일을 예시로 들어 서술하세요.

예시

학급에서 책임감이 중요한 이유와 실천 방법

학급에서 책임감은 매우 중요한 덕목입니다. 학생들이 각자 해야 할 일을 스스로 잘 해내는 책임감을 가져야, 질서를 유지하고 모두가 편안하고 원활하게 수업을 진행할 수 있기 때문입니다.

저는 학급에서 '칠판 청소'를 맡았습니다. 제가 맡은 역할을 잘 해낸다면, 매일 깨끗한 칠판에서 수업을 시작할 수 있어 친구들과 선생님 모두에게 도움이 됩니다. 선생님께서 수업을 준비하는 데도 지장이 없고, 칠판에 집중하는 분위기가 조성됩니다. 반대로, 제가 청소를 하지 않으면 다음 시간 수업이 시작되기 전에 칠판에 지저분한 글씨나 자국이 남아 있어 수업 준비가 늦어질 수 있고, 친구들에게도 불편을 줄 수 있습니다.

제가 맡은 역할을 성실하게 수행하는 것은 교실의 질서를 유지하는 중요한 부분입니다. 책임감 있게 자신의 역할을 해낼 때, 더 나은 학습 환경을 만들 수 있고, 모두가 편안하게 수업에 집중할 수 있습니다.

💡 완성도를 높이는 글쓰기 비법 3가지

❶ 책임감의 중요성 설명 : 책임감을 가져야 하는 이유를 분명히 서술하세요.

❷ 구체적 예시 : 맡은 역할을 잘했을 때와 그렇지 않았을 때의 사례를 제시하세요.

❸ 긍정적 결과 강조 : 책임감이 학급에 미치는 긍정적인 영향을 강조하세요.

✎ 예시 글을 참고하여 왼쪽 면의 평가 문항 기준에 맞춘 글 한 편을
작성하고, 제목을 붙여 완성하세요.

제목 :

_____

_____

_____

_____

_____

_____

_____

_____

_____

_____

_____

_____

_____

_____

_____

_____

_____

_____

일상생활에서 불편한 점을 찾아보고, 이를 개선할 수 있는 창의적인 발명품을 구상해 보세요. 발명품의 이름과 기능, 문제를 해결하는 방법을 구체적으로 설명하고, 이 발명품이 일상생활에 어떤 이점을 가져올지 작성하세요.

예시

고마운 내 친구, 스마트 정리 로봇

우리 집은 항상 물건이 여기저기 흩어져 있어 정리하는 데 많은 시간이 걸린다. 특히 학교에 가기 전, 필요한 책이나 준비물을 찾느라 아침마다 정신이 없다. 그래서 이러한 문제를 해결할 발명품을 생각해 보았다. 바로 '스마트 정리 로봇'이다. 이 로봇은 집 안의 물건을 자동으로 정리해 주는 기기이다.

스마트 정리 로봇은 집 안 곳곳에 설치된 작은 센서와 연동되어 물건의 위치를 실시간으로 파악한다. 물건이 제자리에 놓이지 않으면 로봇이 이를 감지해 그 물건을 집어 들고, 정해진 장소로 이동해 정리한다. 또한, 음성 인식 기능이 있어 "책을 찾아줘."라고 말하면 책이 어디에 있는지 바로 알려 준다. 덕분에 물건을 쉽게 찾을 수 있고, 깔끔한 공간을 유지할 수 있다.

스마트 정리 로봇에는 타이머 기능도 있어, 사용자가 설정한 시간에 맞춰 정리 작업을 자동으로 시작한다. 예를 들어, 학교에 가기 전이나 잠들기 전에 타이머를 설정해 두면, 그 시간에 로봇이 집 안을 점검하고 물건을 제자리에 정리해 준다. 이 기능은 바쁜 일상에서도 집 안이 깨끗하게 유지되도록 도와준다.

이 발명품은 물건을 잃어버리거나 찾지 못해 시간을 낭비하는 문제를 해결해 준다. 특히 아침 시간에 물건을 쉽게 찾을 수 있어 시간을 절약할 수 있다.

완성도를 높이는 글쓰기 비법 3가지

❶ **문제와 해결책 제시** : 문제 인식(불편한 점)이 해결책(발명)으로 잘 이어지도록 설명하세요.

❷ **기능 설명** : 발명품의 구체적인 기능과 이점을 설명하세요.

❸ **창의성 강조** : 발명품의 독창적인 부분을 부각하세요.

예시 글을 참고하여 왼쪽 면의 평가 문항 기준에 맞춘 글 한 편을 작성하고, 제목을 붙여 완성하세요.

발명품 이름 :

우리가 사용하는 전기, 가스, 물 등의 에너지 자원을 일상에서 절약하는 방법을 구체적인 사례를 들어 설명하세요.

우리 가정에서 에너지를 절약하는 방법

1. 전기 절약 : 전기를 절약하기 위해 가장 먼저 실천하는 방법은 사용하지 않는 전자 기기의 플러그를 뽑는 것이다. TV, 컴퓨터, 전자레인지를 사용하지 않을 때는 플러그를 꼭 뽑아 두는 습관을 들였다. 또한, LED 전구 사용도 실천 중이다. 기존 전구를 LED 전구로 교체하면, 더 적은 전기로 더 밝은 조명을 사용할 수 있다.

2. 가스 절약 : 가스를 절약하기 위해 우리 가족은 주방에서 냄비 뚜껑을 덮고 요리한다. 뚜껑을 덮으면 열이 빠져나가지 않아 요리 시간이 줄어들고, 그만큼 가스 사용량도 줄어든다. 또한, 겨울철 난방은 보온이 잘되는 옷을 입고 실내 난방 온도를 낮춰 사용한다.

3. 물 절약 : 우리 가정에서 실천하는 물 절약 방법은 샤워 시간을 줄이는 것이다. 가족 모두 샤워 시간을 5분 이내로 줄이도록 노력한 끝에 물 사용량을 크게 줄였다. 또 다른 방법으로는 양치할 때 물컵을 사용하는 것이다. 양치할 때 물을 계속 틀어 놓는 대신, 컵에 물을 받아 사용하는 습관을 들여 하루에 사용하는 물의 양을 줄였다.

 완성도를 높이는 글쓰기 비법 3가지

❶ **구체적인 사례** : 실제로 하는 에너지 절약 방법을 구체적으로 설명하세요.
❷ **항목 구분** : 전기, 가스, 물 등 에너지원별로 나누어 체계적으로 작성하세요.
❸ **효과 강조** : 각각의 절약 방법이 가져온 긍정적인 효과를 강조하세요.

✏️ 예시 글을 참고하여 왼쪽 면의 평가 문항 기준에 맞춘 글 한 편을
작성하고, 제목을 붙여 완성하세요.

제목 :

균형 잡힌 식단이 청소년기 성장과 건강에 왜 중요한지 조사하고, 청소년기에 꼭 필요한 영양소를 포함한 점심 급식 식단을 계획하여 글로 작성하세요. 식단에는 어떤 음식을 포함할지 구체적으로 설명하고, 각 음식이 어떤 영양소를 제공하는지 서술하세요.

예시

청소년의 건강을 위한 균형 잡힌 점심 식단 계획

균형 잡힌 식단은 청소년기의 성장과 건강에 매우 중요하다. 이 시기에는 단백질, 탄수화물, 지방, 비타민, 미네랄 등 다양한 영양소가 골고루 필요하다.

점심 급식 식단 계획

1. 주 메뉴 : 닭가슴살비빔밥

닭가슴살은 단백질이 풍부하여 근육 발달과 성장에 도움을 준다. 비빔밥에 들어가는 야채는 섬유질과 비타민을 제공해 면역력을 높이고, 탄수화물은 에너지를 공급한다.

2. 국 : 두부된장국

된장은 단백질과 비타민 K가 풍부하며, 소화를 돕고 뼈 건강에 도움을 준다. 된장국에 들어간 두부는 식물성 단백질을 제공한다.

3. 반찬 : 시금치나물

시금치는 철분과 칼슘이 풍부해, 성장하는 청소년에게 중요한 영양소를 제공한다. 철분은 피를 생성하고, 칼슘은 뼈를 튼튼하게 한다.

4. 디저트 : 바나나

바나나는 칼륨과 비타민 C가 풍부하여 피로 회복과 에너지 보충에 도움을 준다.

완성도를 높이는 글쓰기 비법 3가지

❶ **구체적인 근거 제시** : 영양소가 청소년기 성장에 중요한 이유를 설명하세요.

❷ **음식 선택 이유** : 해당 음식을 선택한 이유를 명확히 제시하세요.

❸ **식단 균형 강조** : 식단이 균형 잡힌 영양을 어떻게 제공하는지 설명하세요.

✏ 예시 글을 참고하여 왼쪽 면의 평가 문항 기준에 맞춘 글 한 편을
작성하고, 제목을 붙여 완성하세요.

제목 :

미래에 존재할 다양한 직업 중 관심 있는 직업을 선택한 후, 그 직업에 필요한 기술, 학습 과정, 경험 등을 구체적으로 설명하고, 자신의 목표를 이루기 위한 계획을 포함해 서술하세요.

예시

세상을 바꾸는 인공 지능 개발자

저는 미래의 다양한 직업 중에서 인공 지능(AI) 개발자에 관심이 있습니다. 인공 지능은 이미 많은 분야에서 활발히 사용되며, 앞으로 더 많은 직업이 인공 지능에 영향받을 것이라고 생각합니다. 저는 기술에 관심이 많고, 문제 해결에 흥미를 느끼기 때문에 인공 지능 개발자라는 직업이 저에게 잘 맞을 것 같습니다.

인공 지능 개발자가 되기 위해서는 컴퓨터 프로그래밍과 수학적 지식이 필수적입니다. 특히, 파이썬과 같은 프로그래밍 언어를 배우는 것이 중요하고, 인공 지능 알고리즘을 이해하기 위해 기계 학습과 데이터 분석에 대한 지식도 필요합니다. 또한, 수학에서 배우는 통계와 확률도 인공 지능 개발에 중요한 역할을 합니다.

저는 우선 컴퓨터 프로그래밍을 공부할 계획입니다. 학교에서 수학 과목에 더욱 집중해 통계와 확률을 잘 이해하려고 노력할 것입니다. 방과 후에는 관련 코딩 수업을 듣고, 온라인 강의와 책으로 파이썬을 익힐 것입니다. 더불어 다양한 인공 지능 관련 프로젝트에 참여해 실제로 문제를 해결해 보는 경험을 쌓으려고 합니다.

이러한 준비 과정을 통해 인공 지능 개발자가 되기 위한 기술을 차근차근 익히고, 미래의 인공 지능 산업에서 중요한 역할을 할 수 있도록 노력하겠습니다. 인공 지능 개발자로서 세상을 변화시키는 기술을 만드는 것이 저의 꿈입니다.

완성도를 높이는 글쓰기 비법 3가지

❶ 미래 직업 조사 : 다양한 직업을 충분히 조사하고, 관심 있는 직업을 선택하세요.

❷ 구체적 계획 : 직업에 필요한 기술, 학습, 경험을 구체적으로 계획해 설명하세요.

❸ 목표 설정 : 실천 가능한 목표를 세워 글에 포함하세요.

✏️ 예시 글을 참고하여 왼쪽 면의 평가 문항 기준에 맞춘 글 한 편을
작성하고, 제목을 붙여 완성하세요.

제목 :

클래식 음악 한 곡을 선택하여 감상하고, 그 곡의 특징과 자신이 느낀 감정을 바탕으로 감상문을 작성하세요. 곡의 배경, 주요 악기, 리듬과 멜로디 등 음악적 특징을 설명하고, 이 곡이 어떤 감정을 불러일으켰는지 구체적으로 서술하세요.

예시

베토벤의 교향곡 9번 <합창> 감상문

베토벤의 교향곡 9번 <합창>은 클래식 음악 역사에서 위대한 작품 중 하나로 꼽힌다. 특히 4악장에 등장하는 합창단의 <환희의 송가>는 전 세계적으로 많은 사람들에게 사랑받는다. 이 곡은 웅장하면서도 감동적인 분위기를 자아낸다.

1악장부터 베토벤 특유의 강렬한 선율이 이어지며, 듣는 이의 마음을 사로잡는다. 각 악장은 저마다 다른 분위기로 청중을 사로잡고, 4악장에는 합창이 더해지면서 곡의 절정에 이른다. 특히 '모든 인간은 형제가 된다'는 가사는 사람들 간의 화합과 평화가 중요하다는 작품의 메시지를 강렬히 전달한다.

이 곡의 특징으로는 관현악의 웅장함과 합창단의 화려한 조화가 눈에 띈다. 힘찬 관현악 연주가 곡을 이끌어 가며, 리듬과 멜로디는 긴장감을 고조시킨 끝에 큰 감동을 준다. 다양한 악기들이 협력하여 베토벤의 역동적이고 깊이 있는 음악 구성을 만들어 냈다. 4악장의 합창은 감정을 극대화하며 곡의 주제를 명확히 전달한다.

이 곡을 들으면서 희망과 평화의 감정을 느꼈다. 초반에는 무겁고 진중한 분위기였지만, 합창이 시작되면서 희망과 감동이 폭발적으로 전달되어 강렬한 감동이 밀려왔다.

완성도를 높이는 글쓰기 비법 3가지

❶ **곡의 특징 설명** : 곡의 배경과 특징을 짧게 핵심만 설명하세요.
❷ **감정 묘사** : 음악에 관한 나의 감상이 자연스럽게 연결되도록 서술하세요.
❸ **음악의 특징 강조** : 악기, 리듬 등 음악의 요소와 구성을 구체적으로 설명하세요.

✎ 예시 글을 참고하여 왼쪽 면의 평가 문항 기준에 맞춘 글 한 편을
작성하고, 제목을 붙여 완성하세요.

제목 :

우리나라 전통 음악과 현대 대중음악의 차이점을 조사하고, 각 음악의 특징을 비교하여 글을 작성하세요. 두 음악의 리듬, 멜로디, 가사, 사용되는 악기 등의 차이를 설명하고, 각 음악이 가지는 문화적 의미와 역할도 서술하세요.

예시

우리나라 전통 음악과 현대 대중음악의 차이점

1. 리듬과 멜로디 : 전통 음악은 대체로 느리고 여유로운 리듬으로, 천천히 멜로디를 이어 간다. 반면, 현대 대중음악은 빠르고 경쾌한 리듬과 반복되는 멜로디가 특징이며, 특히 케이팝(K-pop)은 극적인 멜로디에 전자 음악이 결합된 구조를 자주 사용한다.

2. 사용되는 악기 : 전통 음악에서는 거문고, 가야금 같은 전통 악기들이 주로 사용되며, 자연의 소리를 닮은 음색을 낸다. 현대 대중음악은 전자 기타, 드럼, 신시사이저 같은 전자 악기를 주로 사용하여 인공적인 음색으로 더 강렬하고 역동적인 소리를 만들어 낸다.

3. 가사 : 전통 음악의 가사는 주로 자연과 인간의 삶을 다루며, 서정적이고 비유적인 표현을 사용한다. 반면, 현대 대중음악은 사랑과 이별 같은 주제를 가사에서 직설적으로 표현하며, 메시지가 명확하고 간결하다.

두 음악은 시대에 따라 중요하게 여기는 가치가 변화한 것을 보여 준다. 전통 음악은 자연과 화합하며 여유를 즐기는 것을 중시하는 고유한 전통문화를 담는 반면, 현대 대중음악은 개인의 감정과 삶에 집중하는 모습을 담고 있다. 전통 음악은 우리를 과거와 잇는 유산이고, 현대 대중음악은 전통 음악에서 벗어 나와 우리를 세계와 잇고 있다.

완성도를 높이는 글쓰기 비법 3가지

❶ 차이점 강조 : 두 음악의 차이점이 대비되도록 명확하게 설명하세요.
❷ 간결한 비교 : 두 음악의 가사와 주제를 간결하게 비교하세요.
❸ 역할 강조 : 두 음악이 각각 문화에 기여하는 역할을 강조하세요.

✏️ 예시 글을 참고하여 왼쪽 면의 평가 문항 기준에 맞춘 글 한 편을
작성하고, 제목을 붙여 완성하세요.

제목 :

📖 좋아하는 음악가 한 명을 선택하여, 그의 생애와 대표곡, 음악적 특징을 조사하고, 음악가를 좋아하는 이유를 포함해 글을 작성하세요.

예시

내가 좋아하는 음악가, 쇼팽

내가 좋아하는 음악가는 프레데리크 쇼팽이다. 그는 1810년 폴란드에서 태어났으며, 주로 피아노 음악을 작곡한 낭만주의 시대의 대표적인 음악가이다. 어린 시절부터 피아노에 재능을 보인 쇼팽은 20대 초반에 파리로 이주해 그곳에서 대부분의 생애를 보냈다. 파리에서 쇼팽은 연주가로서뿐 아니라 작곡가로서도 많은 성공을 거두었지만 건강이 좋지 않아 39세라는 젊은 나이에 세상을 떠났다.

쇼팽의 대표곡으로는 <즉흥환상곡>, <녹턴 2번>, <폴로네즈 영웅> 등이 있다. 이 곡들은 모두 피아노를 중심으로 한 아름다운 선율과 섬세한 감정 표현이 돋보인다. 쇼팽의 음악적 특징은 주로 감정이 풍부하고, 피아노의 다양한 음색을 활용하여 깊은 감동을 주는 데 있다. 특히 그는 독창적이고 섬세한 연주 기법을 통해 피아노 음악의 새로운 지평을 열었다.

내가 쇼팽을 좋아하는 이유는 그의 음악이 마음을 진정시키고, 동시에 깊은 감정을 불러일으키기 때문이다. 특히 쇼팽의 곡들은 마치 나에게 누가 아름다운 이야기를 들려주는 듯한 느낌을 준다. 그의 음악을 들으면 복잡한 생각이 사라지고, 순수한 감정만 남는 듯하다.

💡 **완성도를 높이는 글쓰기 비법 3가지**

❶ **음악가의 생애 요약** : 음악가의 출생, 주요 활동, 업적을 간결하게 정리하세요.
❷ **대표곡과 특징 설명** : 대표곡과 그 음악적 특징을 구체적으로 설명하세요.
❸ **나만의 감상 표현** : 음악가를 좋아하는 이유와 곡의 감상을 표현하세요.

✏️ 예시 글을 참고하여 왼쪽 면의 평가 문항 기준에 맞춘 글 한 편을
작성하고, 제목을 붙여 완성하세요.

제목 :

_____

_____

_____

_____

_____

_____

_____

_____

_____

_____

_____

_____

_____

_____

_____

학교에서 악기를 배워 연주했던 경험을 바탕으로, 연주하면서 느낀 점과 어려웠던 점을 서술하세요. 연주할 때의 감정이나 생각을 구체적으로 표현하고, 어려움을 어떻게 극복했는지, 그 과정에서 얻은 교훈을 포함해 작성하세요.

예시

성취감이 컸던 리코더 연주

학교에서 리코더를 배우면서 처음에는 간단한 음계부터 연습했습니다. 리코더는 작은 악기이지만 소리를 잘 내려면 정확한 손가락 위치와 호흡 조절이 매우 중요했습니다. 처음 연주했을 때는 음이 잘 맞지 않거나 숨이 너무 많이 나가서 소리가 깨지기도 했습니다. 그때마다 제가 느낀 점은 악기를 잘 다루려면 꾸준한 연습이 필요하다는 것이었습니다.

리코더를 연습하면서 가장 어려웠던 점은 빠른 곡을 연주할 때 손가락이 따라가지 않는 것이었습니다. 손가락 위치를 바르게 바꿔야 하는 음에서 자주 실수를 했습니다. 하지만 포기하지 않고 느린 속도로 시작해 점점 속도를 올리며 연습했습니다. 그 결과, 어느 순간부터 손가락이 자연스럽게 움직여서 자신감이 생겼습니다.

리코더 연주를 통해 배운 점은 인내심과 꾸준한 연습이 결국 좋은 결과를 만든다는 것입니다. 또한, 한 곡을 제대로 연주해 냈을 때 성취감이 크다는 것을 느꼈습니다. 이 경험은 다른 일에도 마찬가지로 적용할 수 있는 중요한 교훈이 되었습니다.

 완성도를 높이는 글쓰기 비법 3가지

❶ 과정 서술 : 연주에 성공하거나 실패한 과정을 구체적으로 설명하세요.

❷ 감정 표현 : 연주하면서 느낀 다양한 감정을 생생하게 표현하세요.

❸ 배운 점 강조 : 악기 연습에서 얻은 교훈을 구체적으로 연결해 마무리하세요.

예시 글을 참고하여 왼쪽 면의 평가 문항 기준에 맞춘 글 한 편을
작성하고, 제목을 붙여 완성하세요.

제목 :

미술 작품 하나를 선택하여 감상하고, 그 작품의 특징과 자신이 느낀 감정을 바탕으로 감상문을 작성하세요. 작품의 배경, 사용된 재료, 표현 기법, 색채와 구도 등 미술적 특징을 설명하고, 이 작품이 어떤 감정을 불러일으켰는지 구체적으로 서술하세요.

예시

반 고흐의 <별이 빛나는 밤>

반 고흐의 <별이 빛나는 밤>은 그의 대표작 중 하나로, 밤하늘의 신비로움과 작가의 감정이 잘 드러난 작품이다. 1889년 생 레미 요양원에 머물던 시기에 그린 이 작품은 상상 속 풍경을 바탕으로 그려졌으며, 강렬한 색채와 독특한 붓질이 인상 깊다.

고흐는 푸른색과 노란색을 사용해 하늘과 별을 대비해 표현했다. 소용돌이치는 하늘은 임파스토 기법으로 두꺼운 질감을 더해 생동감을 주었는데, 마치 불안한 감정을 깊이 담은 듯하다. 반면, 어두운 색조로 표현된 지상의 마을은 차분하고 고요한 분위기를 연출하며, 하늘과 대조를 이룬다. 이 마을은 작은 희망을 상징하는 것처럼 보인다.

이 작품을 보면서 고독과 희망이 동시에 떠올랐다. 하늘의 소용돌이치는 구름과 불안정한 선들은 고흐가 느꼈을 외로움과 혼란을 반영한 듯하다. 그리고 그 어두운 하늘 속에서도 밝게 빛나는 별과 달은 그 속에서도 희망을 찾으려던 노력을 보여 주는 것 같다. 외롭고 힘든 상황에서도 고흐는 작은 빛, 즉 희망을 붙들고 있었다는 인상을 받았다.

<별이 빛나는 밤>은 고흐가 세상 속에서 작은 희망을 붙들고 살아가려던 의지가 고스란히 담긴 작품이라고 할 수 있다.

완성도를 높이는 글쓰기 비법 3가지

1 작품의 특징 : 작품의 시각적 특징과 느낀 감정을 자연스럽게 연결하세요.

2 상징 강조 : 별과 달 같은 상징이 감정과 어떻게 연결되는지 설명하세요.

3 나만의 감상 : 작가의 의도와 나만의 작품 해석을 연결해 서술하세요.

✏️ 예시 글을 참고하여 왼쪽 면의 평가 문항 기준에 맞춘 글 한 편을
작성하고, 제목을 붙여 완성하세요.

제목 :

_____

_____

_____

_____

_____

_____

_____

_____

_____

_____

_____

_____

_____

_____

_____

_____

_____

_____

_____

_____

_____

_____

_____

여러 가지 미술 재료와 표현 기법을 조사하고, 각 특징을 비교하여 설명하세요. 그중 자신이 가장 선호하는 재료와 기법을 선택하고, 그 이유를 구체적으로 서술하세요.

예시

여러 미술 재료와 표현 기법 비교

　1. 수채화 : 수채화는 물과 물감을 혼합해 사용하는 기법으로, 투명하고 부드러운 색감을 표현하는 데 적합하다. 물을 많이 사용하기 때문에 색을 여러 번 덧칠해도 맑고 투명한 느낌이 나며, 빠르게 건조된다. 서정적인 작품을 만들기에 좋은 기법이다.

　2. 아크릴화 : 아크릴화는 아크릴 물감을 사용하는 기법으로, 물과 혼합하여 수채화처럼 사용할 수도 있고, 불투명하게 덧칠할 수도 있다. 아크릴 물감은 빨리 마르며, 다양한 표면에 사용할 수 있어 현대 미술에서 많이 쓰인다. 유화보다 빠른 속도로 작업할 수 있다는 점이 큰 장점이다.

　3. 유화 : 유화는 기름을 혼합한 물감을 사용하는 기법으로, 두껍고 풍부한 질감을 표현하는 데 탁월하다. 유화는 마르는 데 시간이 오래 걸려 색을 섞거나 수정하기 쉽고, 깊이 있는 표현이 가능하다. 고전적인 작품에서 자주 사용되며, 묵직하고 중후한 느낌을 준다.

　나는 이 세 가지 기법 중 아크릴화를 가장 선호한다. 아크릴 물감은 빨리 마르면서도 다양한 기법을 시도할 수 있어서 더 재미있게 창의적인 그림을 그릴 수 있었다. 물과 혼합해 투명한 느낌을 낼 수도 있고, 두껍게 덧칠해 질감 있는 작품을 만들 수도 있어 표현의 폭이 넓어지는 것이 가장 매력적이다.

 완성도를 높이는 글쓰기 비법 3가지

❶ 재료 비교 : 각 재료의 특징과 차이를 간결하게 설명하세요.
❷ 선호 이유 : 선호하는 기법의 이유를 구체적으로 설명하세요.
❸ 나만의 경험 : 선호하는 기법과 자신의 창작 경험을 연결해 서술하세요.

예시 글을 참고하여 왼쪽 면의 평가 문항 기준에 맞춘 글 한 편을
작성하고, 제목을 붙여 완성하세요.

제목 :

미술이 일상에서 갖는 의미와 그 중요성을 서술하고, 일상에서 미술이 어떤 역할을 하고 어떻게 활용되는지 다양한 사례를 들어 작성해 보세요.

예시

미술이 우리 일상생활에 활용되는 방식

미술은 우리 일상생활에서 다양한 방식으로 활용된다. 예를 들어, 우리가 사용하는 스마트폰 디자인은 단순히 기능만 중요한 것이 아니라, 사용자에게 더 편안하고 세련된 느낌을 주기 위해 색상과 형태가 신중하게 설계된다. 집 안 인테리어에서도 미술적 감각이 중요한 역할을 한다. 벽지의 색상, 가구의 배치, 조명 선택 등은 모두 미술적인 요소를 반영한 결과이며, 이런 요소들이 모여 집을 더 편안하고 아름답게 만든다. 마찬가지로 상점의 간판이나 광고판도 미술적 요소로 디자인되어 사람들의 시선을 모으고 가게에 관심을 갖게 한다.

미술은 또한 감정을 표현하거나 메시지를 전달하는 수단으로 사용된다. 예를 들어, 학교에서 미술 시간에 그린 그림이나 만들기 작품에 자신의 감정을 표현할 수 있다. 학교 행사나 환경 보호 캠페인 포스터를 만들 때도 미술적인 요소를 잘 활용하면 중요한 메시지를 쉽게 전달할 수 있다.

미술은 단순히 그림을 그리는 것에 그치지 않고, 우리의 생활을 더 아름답고 편리하게 만들며, 감정을 표현하고 소통할 수 있는 중요한 도구이다. 미술을 통해 우리는 더 즐겁고 의미 있는 일상을 경험할 수 있다.

 완성도를 높이는 글쓰기 비법 3가지

❶ 구체적 사례 제시 : 일상에서 쉽게 접할 수 있는 사례를 구체적으로 제시하세요.

❷ 미술의 역할 강조 : 감정 표현과 소통 도구로서 어떤 역할을 하는지 설명하세요.

❸ 미술의 미덕 소개 : 미술을 통해 얻은 긍정적인 부분을 소개하세요.

✏️ 예시 글을 참고하여 왼쪽 면의 평가 문항 기준에 맞춘 글 한 편을
작성하고, 제목을 붙여 완성하세요.

제목 :

_____

_____

_____

_____

_____

_____

_____

_____

_____

_____

_____

_____

_____

_____

미술 분야에서 미래에 전망이 밝은 직업을 조사하세요. 각 직업이 어떤 일을 하는 직업이고 왜 미래 전망이 밝은지를 기술의 발전 및 사회 변화 등과 연결하여 구체적으로 서술하고, 자신이 그 직업에 관심이 있는 이유도 포함해 작성하세요.

예시

창의적인 미래 디자이너 직업 탐구

1. 캐릭터 디자이너

캐릭터 디자이너는 애니메이션이나 게임 등에 나오는 캐릭터를 디자인합니다. 캐릭터 디자인은 단순히 그림을 그리는 것이 아니라, 캐릭터의 성격과 이야기를 담아내는 작업이기 때문에 창의적으로 표현할 수 있어 재미있습니다. 최근에는 공공 기관이나 일반 회사도 캐릭터를 중요하게 여기면서 자기들만의 개성을 담은 캐릭터를 선보이는 경우가 늘었습니다. 이런 추세와 맞물려 앞으로 캐릭터 디자이너가 필요한 곳은 점점 더 많아질 것이라 예상합니다.

2. 테마파크 디자이너

테마파크 디자이너는 놀이공원의 디자인을 계획하고 꾸미는 일을 합니다. 놀이기구와 테마 공간을 만들고, 사람들이 그곳에서 재미있게 즐길 수 있도록 창의적인 공간을 구상하는 직업입니다. 테마파크는 세계 여러 곳에서 많은 사람들에게 사랑받습니다. 놀이와 예술이 결합된 공간을 만드는 이 직업은 특히 아이들에게 꿈과 상상을 불러일으키는 즐거운 일을 할 수 있어 흥미롭습니다. 관람객들이 꾸준히 오도록 테마파크에서는 주기적으로 테마 공간을 다시 디자인합니다. 다양한 테마파크가 늘어나면서 테마파크 디자이너는 전망은 더 유망할 것입니다.

 완성도를 높이는 글쓰기 비법 3가지

① **흥미로운 직업 선택** : 재미있고 창의적인 직업을 두세 가지 골라 설명하세요.

② **쉬운 설명** : 직업의 특성을 이해하기 쉽도록 친근한 표현을 사용하세요.

③ **미래 전망 설명** : 직업의 미래 전망을 간단히 설명하세요.

예시 글을 참고하여 왼쪽 면의 평가 문항 기준에 맞춘 글 한 편을 작성하고, 제목을 붙여 완성하세요.

제목:

📖 개인 정보 보호가 왜 중요한지 설명하고, 개인 정보를 안전하게 관리하기 위한 방법 3가지를 구체적으로 서술하세요. 각 방법은 실생활에서 쉽게 실천할 수 있는 예시와 함께 설명하세요.

예시

개인 정보 보호의 중요성과 관리 방법

개인 정보는 이름, 주소, 전화번호, 생년월일, 계좌 번호 등 개인을 식별할 수 있는 중요한 정보이다. 이러한 개인 정보가 유출되거나 잘못된 사람에게 넘어가면 사기나 범죄에 악용될 위험이 있다. 특히 인터넷과 디지털 기기의 사용이 증가하면서 개인 정보 보호의 중요성은 더욱 커지고 있다.

개인 정보를 안전하게 관리하기 위한 방법

1. 강력한 비밀번호 설정하기

영문 대소문자, 숫자, 특수 문자를 조합해 강력한 비밀번호를 사용하고, 여러 사이트에서 같은 비밀번호를 사용하는 것을 피해야 한다. 정기적으로 비밀번호를 변경하는 것도 보안을 강화하는 좋은 방법이다.

2. 공공장소에서 개인 정보 입력 자제하기

공공 와이파이나 공용 컴퓨터를 사용할 때는 개인 정보를 입력하지 않는 것이 중요하다. 보안이 취약할 수 있으므로, 중요한 정보를 입력할 때는 주의해야 한다.

3. 이중 인증(2단계 인증) 사용하기

이중 인증 기능을 사용해 비밀번호 외에 추가 인증 절차를 거치면 개인 정보를 더욱 안전하게 보호할 수 있다.

💡 완성도를 높이는 글쓰기 비법 3가지

❶ 중요성 설명 : 개인 정보 보호의 중요성을 짧게 설명하세요.

❷ 실생활 예시 : 실천 가능한 예시를 제시하세요.

❸ 구체적인 실천 방법 : 방법을 구체적이고 명확하게 설명하세요.

✎ 예시 글을 참고하여 왼쪽 면의 평가 문항 기준에 맞춘 글 한 편을
작성하고, 제목을 붙여 완성하세요.

제목 :

📖 인공 지능(AI)의 발전으로 인해 사라질 가능성이 있는 직업 3가지를 선택하고, 각각의 직업이 왜 AI로 대체될 수 있는지, 그럼에도 AI와 인간의 협력이 가능한지 그 이유를 구체적으로 설명하세요.

예시

인공 지능(AI) 시대, 사라질 직업 3가지

1. 은행 창구 직원 : 은행 창구 직원은 고객의 금융 업무를 도와주는 역할을 한다. 그러나 인공 지능(AI) 기반의 무인 은행 서비스와 모바일 뱅킹이 발달하면 고객들은 은행을 방문하지 않고도 대부분의 업무를 처리할 수 있을 것이다. 하지만 복잡한 금융 상담이나 고객과 신뢰를 형성하는 데는 인간의 감정적 이해와 협력이 필요하므로, 인공 지능이 기초 업무를 지원하고 인간이 상담 및 관계 구축을 담당하면서 협력 구조가 될 수 있다.

2. 콜센터 상담원 : 콜센터 상담원은 고객의 문의에 답하거나 문제를 해결해 주는 직업이다. 인공 지능 챗봇과 음성 인식 시스템이 도입되며 단순 문의나 반복적인 상담 업무는 인공 지능이 대신할 수 있다. 그러나 인공 지능이 해결하기 어려운 복잡한 문제나 감정적인 위로가 필요한 상담에는 여전히 인간의 역할이 중요하다. 인공 지능은 직업을 완전히 대체하는 대신 단순 업무를 처리하여 상담원들이 더 높은 수준의 고객 서비스를 제공할 수 있도록 지원하는 역할로 자리 잡을 수 있다.

3. 제조업 조립공 : 제조업에서 조립공은 기계 부품을 조립하는 업무를 담당한다. 인공지능 자동화 시스템과 산업용 로봇의 발전으로 많은 공장에서 단순 조립 업무가 자동화되며 실제로 일자리가 줄어드는 추세다. 그러나 인공 지능과 로봇이 조립을 수행하는 동안, 인간은 로봇을 관리하고 유지 보수하거나, 조립 공정을 설계하고 개선하는 역할을 맡아 인공 지능과 공존할 가능성이 크다.

💡 **완성도를 높이는 글쓰기 비법 3가지** ✦

❶ **대체 이유 설명** : 제시한 3가지 직업이 AI로 대체되는 이유를 명확히 하세요.
❷ **인공 지능의 장단점 강조** : 인공 지능의 효율성과 한계점을 언급하세요.
❸ **미래 협력 언급** : AI와 인간의 협력 가능성을 설명하세요.

✏️ 예시 글을 참고하여 왼쪽 면의 평가 문항 기준에 맞춘 글 한 편을
작성하고, 제목을 붙여 완성하세요.

제목 :

_____

_____

_____

_____

_____

_____

_____

_____

_____

_____

_____

_____

_____

_____

디지털 기기 사용이 늘어나면서 발생한 문제점들을 조사하고, 이로 인해 나타난 사회적, 혹은 개인적 영향을 분석하세요. 또한, 이러한 문제들을 해결할 수 있는 구체적인 방안을 제시하는 글을 작성하세요.

예시

디지털 시대가 낳은 화면 중독 문제

디지털 기기 사용이 늘어나면서 우리 생활은 훨씬 편리해졌지만, 그로 인한 여러 문제점도 발생하고 있다. 대표적인 문제는 '화면 중독'이다. 많은 사람들이 스마트폰과 컴퓨터를 오래 사용하면서 지나치게 긴 시간 동안 화면을 응시하게 되어 눈의 피로, 수면 부족, 집중력 저하 같은 신체적 문제를 함께 겪는다.

이러한 문제를 해결하기 위해서는 몇 가지 방안을 제시할 수 있다. 첫째, 화면 사용 시간을 관리하는 것이 중요하다. 하루에 디지털 기기를 사용하는 시간을 제한하고, 정해진 시간 동안만 사용하도록 규칙을 정하는 것이 중요하다. 특히, 자기 전에는 스마트폰을 사용하지 않는 것이 숙면에 도움이 될 수 있다. 둘째, 디지털 디톡스를 실천하는 것도 효과적인 방법이다. 주말이나 휴가 때는 기기 사용을 최소화하고, 자연 속에서 시간을 보내거나 독서, 운동 같은 다른 활동을 하며 디지털 기기 의존을 줄일 수 있다.

디지털 기기 사용이 늘어나면서 발생한 문제들은 우리가 적극적으로 해결책을 찾아야 하는 중요한 과제이다. 화면 사용 시간을 적절히 관리하고, 디지털 기기의 의존도를 낮추는 것이 필요하다. 이를 통해 건강하고 안전한 디지털 생활을 유지할 수 있을 것이다.

완성도를 높이는 글쓰기 비법 3가지

❶ **구체적 문제점 제시** : 디지털 기기 사용의 문제점을 구체적으로 설명하세요.
❷ **문제 해결 방안 제시** : 문제 해결을 위한 현실적인 방안을 구체적으로 설명하세요.
❸ **균형 있는 구조** : 문제점과 해결책을 균형 있게 다루세요.

✏️ 예시 글을 참고하여 왼쪽 면의 평가 문항 기준에 맞춘 글 한 편을 작성하고, 제목을 붙여 완성하세요.

제목 :

(빈 줄 양식)

정보 03

119

이은경쌤의 초등 글쓰기 완성 시리즈

수행평가 글쓰기

1판 1쇄 펴냄 | 2025년 1월 10일

지은이 | 이은경
발행인 | 김병준·고세규
편 집 | 김세화·박은아·김리라
마케팅 | 김유정·차현지·최은규
디자인 | 최은비·백소연
본문 일러스트 | 이가영
발행처 | 상상아카데미

등 록 | 2010. 3. 11. 제313-2010-77호
주 소 | 서울시 마포구 독막로 6길 11(합정동), 우대빌딩 2, 3층
전 화 | 02-6953-8343(편집), 02-6953-4188(영업)
팩 스 | 02-6925-4182
전자우편 | main@sangsangaca.com
홈페이지 | http://sangsangaca.com

ISBN 979-11-93379-47-9 (73800)